U0153334

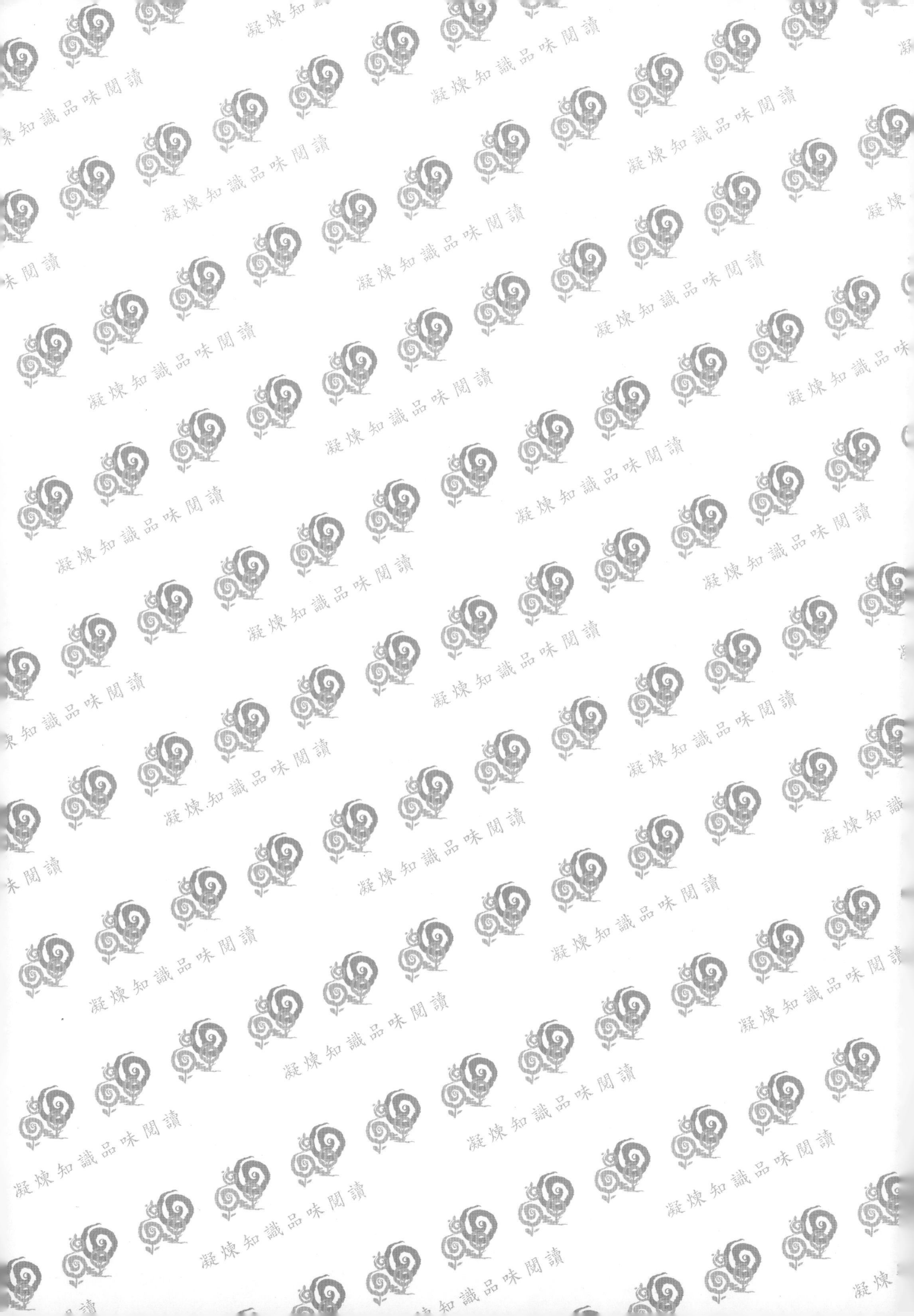

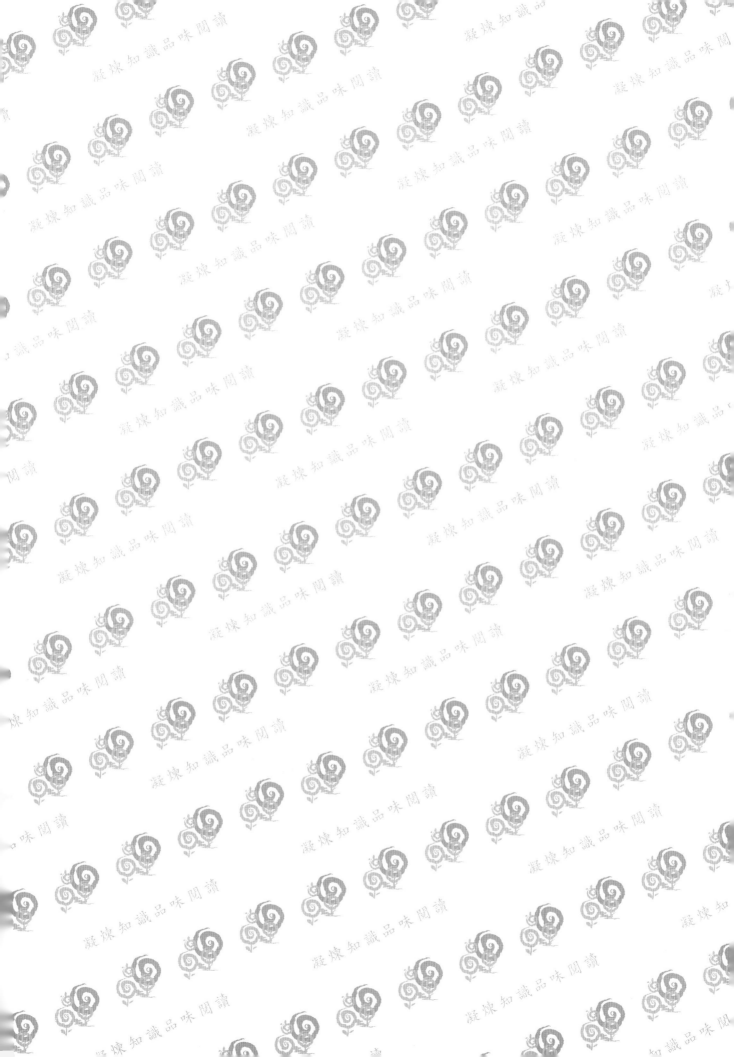
凝煉知識品味閱讀

陪你快樂學馬來語

MALAYSIA

曾秀珠——主編
林綺琴、
吳振南(Ngo Jian Nam)、
黃寶雲(Ng Poh Hoon)
——著

編輯要旨

一、本套《東南亞語文系列學習教材——陪你快樂學馬來語》係爲推動東南亞語文之學習，以提升多元語言能力，強化國際公民素養爲要旨，也可以作爲全國新住民語文學習教材的後續補充。

二、本書內容由日常生活中出發，分爲「食」、「衣」、「住」、「行」、「育樂」五大主題，用飲食、水果、飲料、稱謂、服飾、顏色、建築物、居家空間及電器用品、交通工具、時間、數字、星期、禮貌用語和休閒育樂活動等學習內容。

三、本書敘寫格式方面，概分爲對話、詞彙群、語文練習、文化園地、拼讀練習等五個部分，以生活實用爲主，藉由生動活潑的內容，提昇其學習動機。

四、對話場景以東南亞國家爲第一現場，期待由本書連結當地的生活，讓學習者在類眞實的情境中學習。

五、課程編撰未盡理想之處，敬祈各界人士指正並提供改進意見。

目錄

飲食篇
MAKANAN

Emak : Nak makan mata kucing tak, Aziz?

媽媽 ：阿茲，想要吃龍眼嗎？

Aziz : Nak, mak. Saya juga nak makan manggis.

阿茲 ：我要。媽媽，我還要吃山竹。

Emak ：Tauke, bagi saya satu kilo mata kucing dan dua kilo manggis.

媽媽 ：老闆，給我一公斤龍眼和兩公斤山竹。

Tauke ：Semuanya lima belas ringgit.

老闆 ：總共 15 元。

Emak ：Terima kasih.

媽媽 ：謝謝！

二、基本詞彙

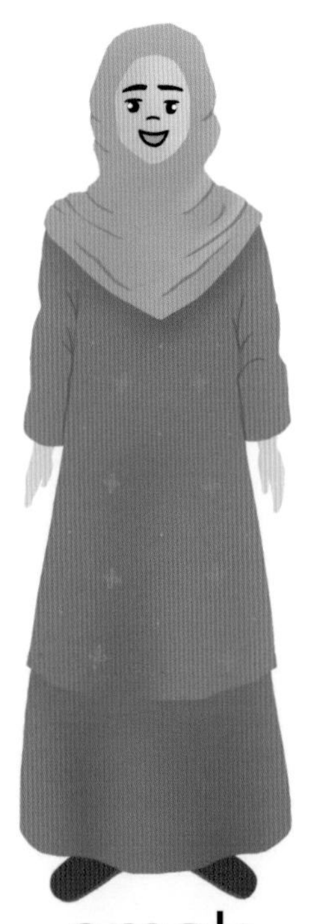

emak

媽媽

buah delima

石榴

durian belanda

刺果番荔枝

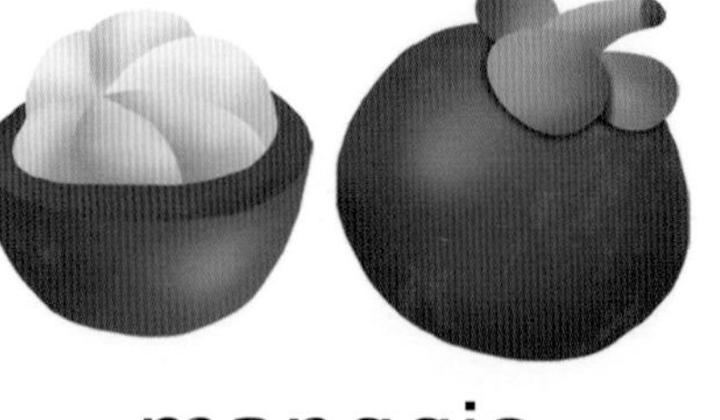

manggis

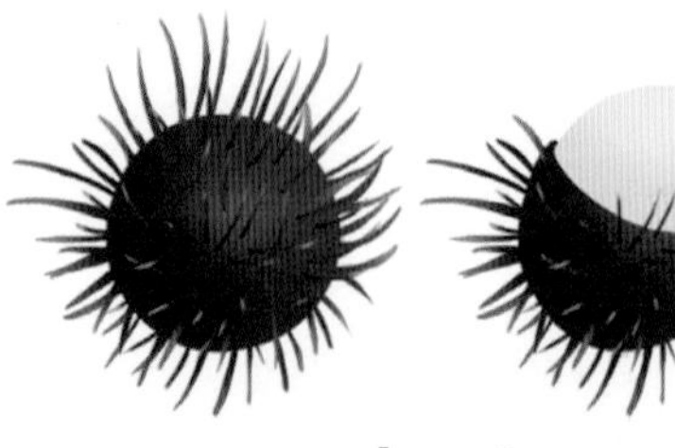

rambutan

紅毛丹

terima kasih

謝謝

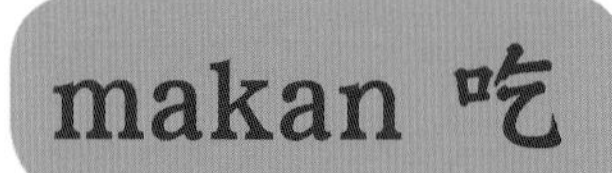

makan 吃

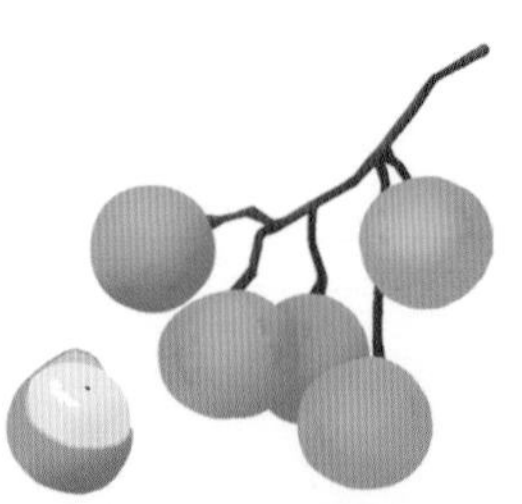

mata kucing

龍眼

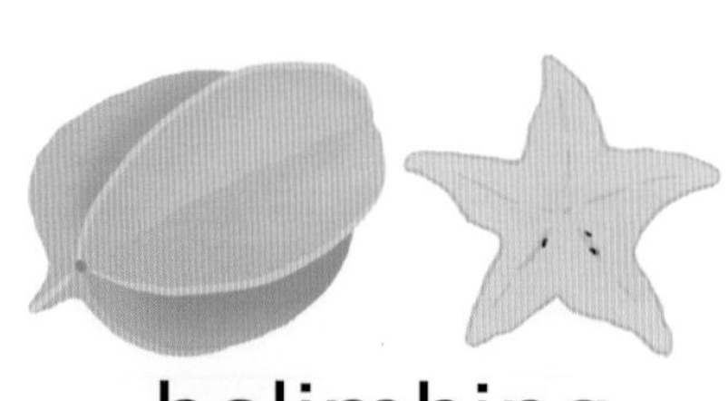

belimbing

楊桃

buah langsat

蓮心果

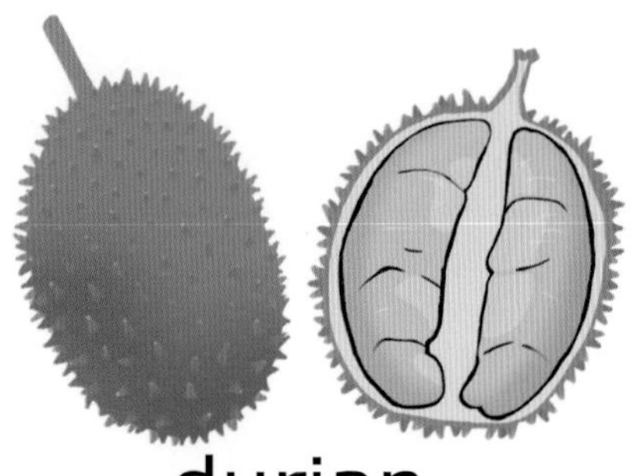

durian

榴槤

三、補充詞彙 

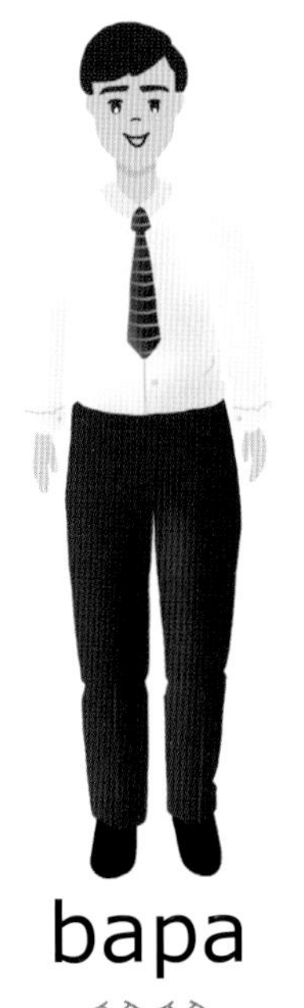

bapa
爸爸

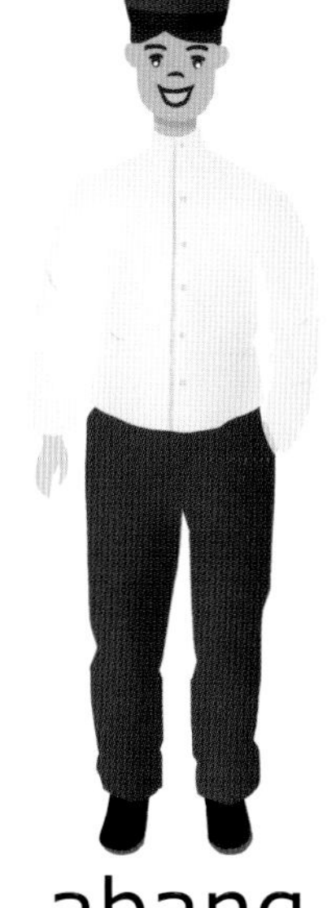

abang
哥哥

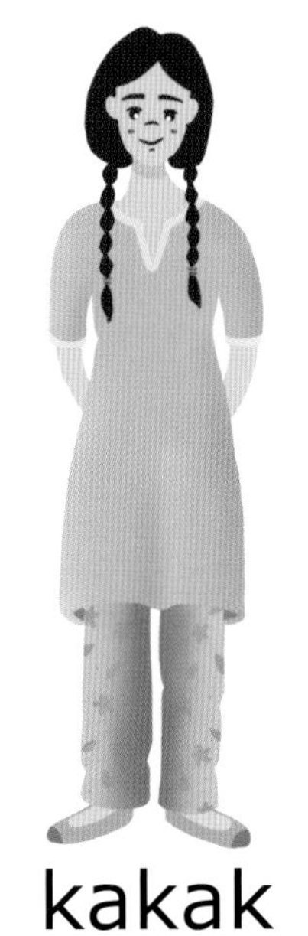

kakak
姐姐

adik
弟弟妹妹

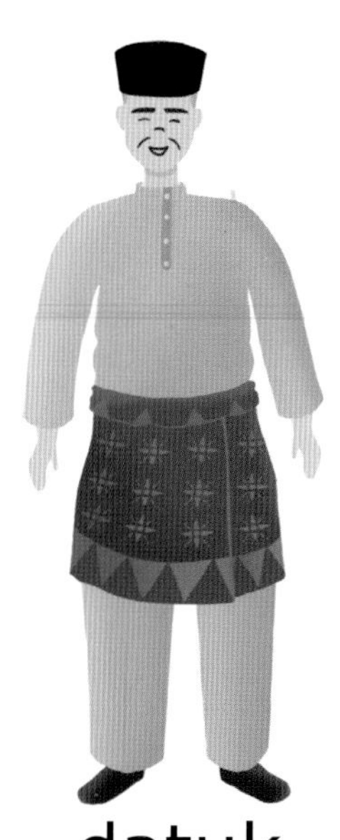

datuk
爺爺

nenek
奶奶

mak cik
阿姨

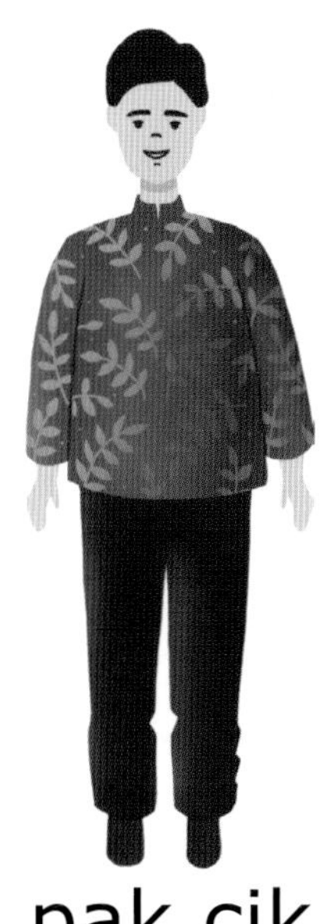

pak cik
舅舅

minum 喝　maaf 對不起
tak apa 沒關係　sama-sama 不客氣

satu	dua	tiga	empat	lima
1	2	3	4	5
enam	tujuh	lapan	sembilan	sepuluh
6	7	8	9	10

四、語文活動：句子加長

nak 想要

nak makan 想要吃

nak makan mata kucing 想要吃龍眼

Emak nak makan mata kucing. 媽媽想要吃龍眼。

juga 還想要

juga nak makan manggis 還想吃山竹

Saya juga nak makan manggis. 我還要吃山竹。

dan 和

mata kucing dan manggis 龍眼和山竹

emak dan bapa 媽媽和爸爸

Emak dan bapa nak makan mata kucing dan manggis. 媽媽和爸爸想要吃龍眼和山竹。

五、語文活動：讀讀看

Nak makan mata kucing tak, Aziz?	阿茲，想要吃龍眼嗎？
Nak makan mata kucing tak, bapa?	爸爸，想要吃龍眼嗎？
Nak makan mata kucing tak, mak cik?	阿姨，想要吃龍眼嗎？
Saya nak makan mata kucing.	我想要吃龍眼。
Abang nak makan pisang.	哥哥想要吃香蕉。
Adik nak makan mangga.	妹妹想要吃芒果。
Saya nak makan mata kucing, juga nak makan manggis.	我想要吃龍眼，還要吃山竹。
Emak nak makan pisang, juga nak makan nanas.	媽媽想要吃香蕉，還要吃鳳梨。

六、語文活動：拼音練習

㈠ 認識字母的大、小寫

大寫	小寫	字母詞彙	
A	a	makan	bagi
B	b	abang	buah delima
C	c	kucing	mak cik
D	d	datuk	dan
E	e	emak	terima kasih

㈡ 拼音練習

拼音	a	ma	sa	ta	ya	af	dan	kan

ma+ta	→	mata	sa+ma	→	sama
sa+ya	→	saya	ma+kan	→	makan
ma+af	→	maaf	kan+ta	→	kanta

㈢ 寫寫看

Huruf Besar 大寫				Huruf Kecil 小寫			
A				a			
B				b			
C				c			
D				d			
E				e			

㈣ 拼拼看、寫寫看

	ya	dan	kan	mak	nas
a	aya	adan			
ga					
ma					manas
pa			pakan		
ta	taya				

七、語文練習

㈠ 填填看

1. Saya nak makan (   ) dan (   ).
   我想要吃（龍眼）和（山竹）。

2. Saya juga nak makan (   ) dan (   ).
   我還要吃（榴槤）和（蓮心果）。

3. Datuk nak (   ) (   ).
   外公想要（喝）（玉米汁）。

㈡ 算算看

用馬來語寫出答案。

2 + 5 =		8 − 3 =	
6 + 4 =		5 + 4 =	
7 − 1 =		4 − 2 =	
9 − 1 =		1 + 3 =	

㈢ 連連看

1.

mata kucing　　durian belanda　　buah langsat　　rambutan

2.

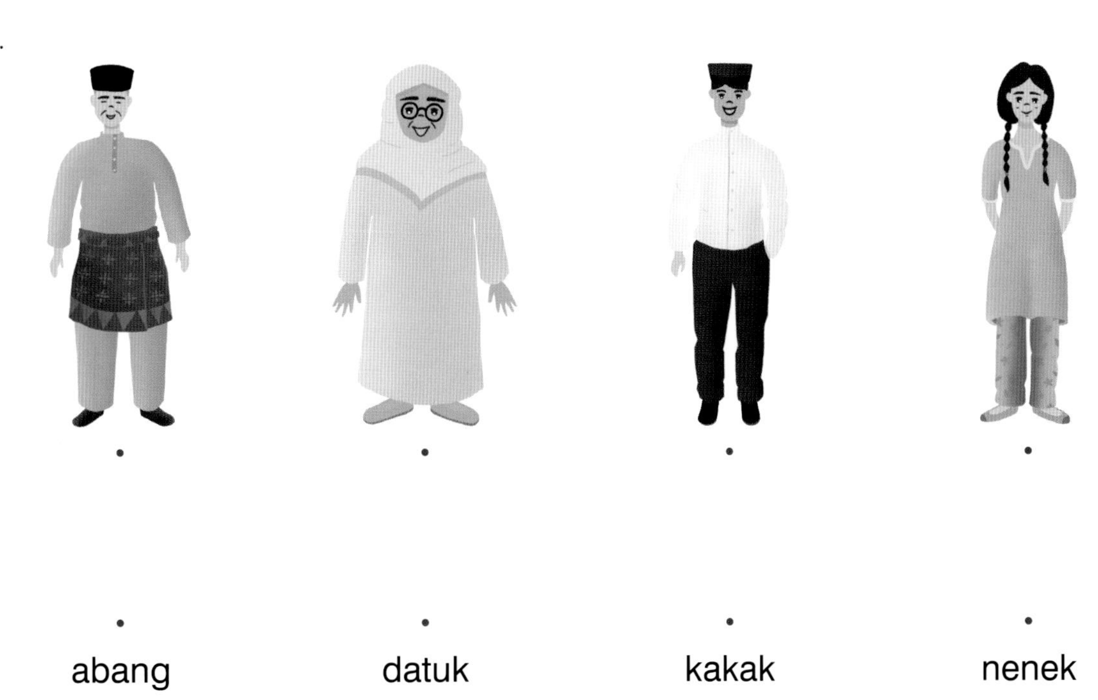

abang　　datuk　　kakak　　nenek

(四) 寫寫看、念念看

emak			satu		
makan			dua		
mata kucing			tiga		
mak cik			empat		
terima kasih			lima		
jus			enam		
minum			tujuh		
rambutan			lapan		
pak cik			sembilan		
maaf			sepuluh		

㈤ 句型練習

句型一：nak makan（要吃）

Saya	nak makan	mata kucing.

句型二：juga nak makan（還要吃⋯⋯）

Emak	juga nak makan	manggis.

句型三 A：......nak makan......, juga nak makan......
（⋯⋯要吃⋯⋯還要吃⋯⋯）

Emak	nak makan	manggis,	juga nak makan	pisang.

句型三 B：......nak minum......, juga nak minum......
（⋯⋯要喝⋯⋯還要喝⋯⋯）

Abang	nak minum	air barli,	juga nak minum	jus lemon.

故事篇　金山公主

馬六甲蘇丹馬末沙（Sultan Mahmud Shah）在妻子逝世後，聽聞金山公主（Puteri Gunung Ledang）美貌出眾，便下令水師提督漢都亞（Hang Tuah）及臣子敦馬末（Tun Mamat）前去提親。

漢都亞一行人因路途險峻難行，大夥便走丟了，最後只剩敦馬末及其部下成功爬上金山。

敦馬末在上山途中遇到一名老婦人，她自稱是公主的代表，於是敦馬末就告知她蘇丹提親的事，老婦答應會轉告公主後，突然就消失了。

過不久，敦馬末又遇見這位老婦人，她告訴敦馬末，只要蘇丹能滿足七個條件，公主就答應嫁給他。一、要建一條金橋連接金山和馬六甲；二、要建一條銀橋連接金山和馬六甲；三、要準備七盤蚊蠅的心臟；四、要準備一罈女人的眼淚；五、要準備一罈嫩檳榔水；六、要準備一碗蘇丹的血；七、要準備一碗王子的血。

説完老婦人又再次消失不見。

敦馬末下山回到馬六甲，就把金山公主提出的條件告知蘇丹。蘇丹覺得這些條件難如登天，就反悔了，於是提親之事就不了了之。金山公主在獲悉蘇丹的回應後，害怕他會惱羞成怒，於是就逃到金山山頂的隱秘洞穴中，隱居至今。

文化園地　食材豐富的熱帶

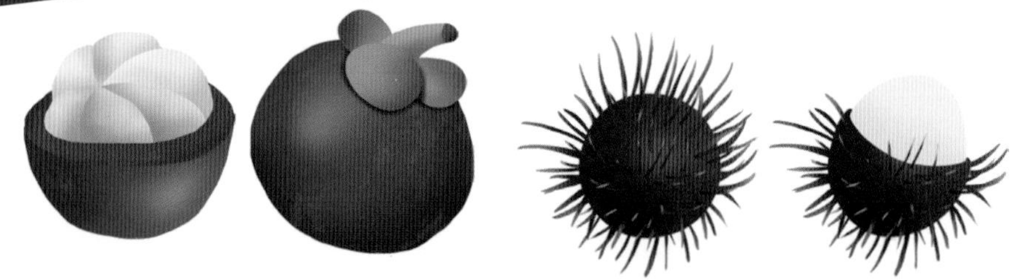

㈠ 熱帶水果酸甜好滋味

山竹、龍眼和紅毛丹是馬來西亞滋味最甜美的水果。

榴槤是馬來西亞的果王，山竹是果后。在馬來西亞，很多人都喜歡吃山竹和榴槤。

紅毛丹也廣受眾人的喜愛，它相當容易種植，所以鄉下的房子只要有院子，都能看到紅毛丹樹。

最特別的是，臺灣常見的龍眼，它的馬來文 mata kucing 直譯稱爲「貓眼」。你看！在那透明的龍眼果肉中，透出的黑色果核，它的樣子是不是很像貓的眼睛呢？

㈡ 香料王國在這裡

說起香料，一般人會想到印尼的摩鹿加群島。其實，東南亞各國都生產香料，而馬來半島更是中世紀亞洲各地香料的集散地。

馬來西亞的食物混雜著各式各樣的香味。而叻沙式咖哩是本土化食品的代表，在馬來西亞就有南北兩種口味：在北部，使用與泰國相近的香料來烹飪；而南部，叻沙則以馬來群島的椰奶爲主。

另外，星馬地區，華人的代表食物肉骨茶，也使用了中國藥材與東南亞的香料來烹製。

所以說，馬來西亞是一個香料王國！

㈢ 提問

1. 分享自己品嚐山竹、龍眼和紅毛丹的經驗。
2. 分享自己品嚐香料食物的經驗。
3. 臺灣和馬來西亞都有好吃的水果冰，上網查一查，臺灣和馬來西亞的水果冰醬汁有甚麼差異？

衣著篇
PAKAIAN

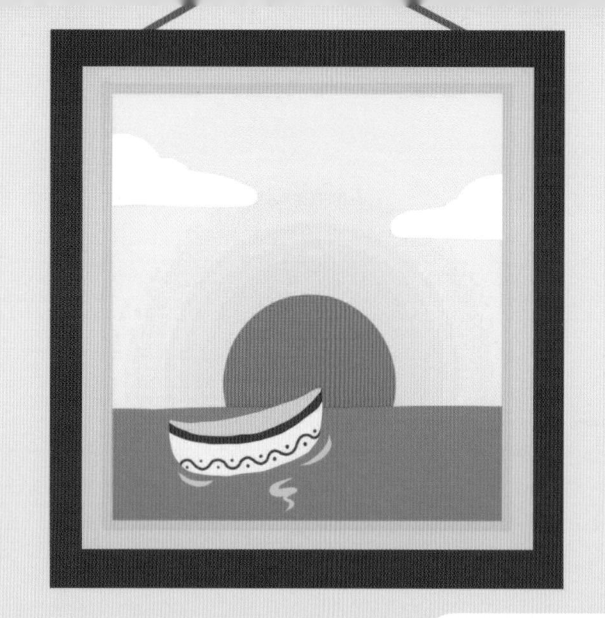

Aziz ： Kamu mau pakai apa untuk majlis perkahwinan kakak hari ini?

阿茲 ：今天你要穿什麼衣服參加姐姐的婚禮？

Ella ： Saya pakai baju Kebaya merah. Kamu?

艾拉 ：我要穿紅色的娘惹衫，那你呢？

Aziz : Saya pakai kemeja Batik hijau dengan seluar hitam.
Ella : Cepat bersedia!

Aziz : Saya pakai kemeja Batik hijau dengan seluar hitam.

阿茲 ：我穿綠色巴迪衫搭配黑色褲子。

Ella : Cepat bersedia!

艾拉 ：快去準備。

二、基本詞彙

baju
衣服

seluar
褲子

baju Kebaya
娘惹衫

baju Melayu
馬來服

merah
紅色

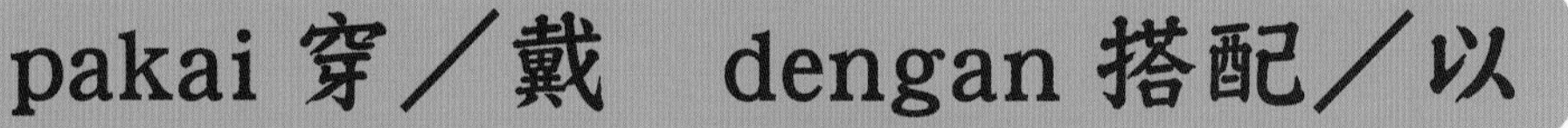

Songkok
宋谷帽

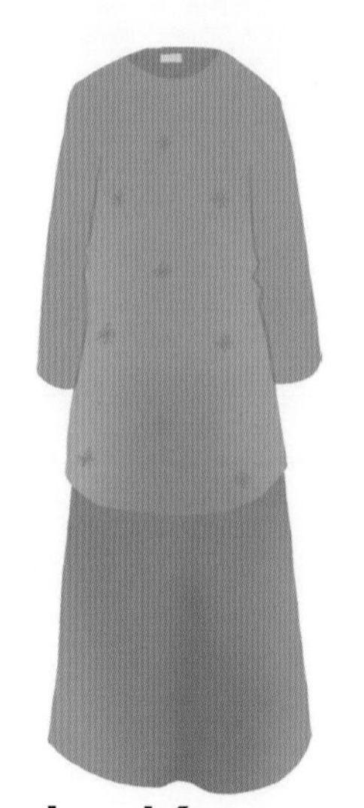

baju Kurung
古籠裝

Ceongsam
旗袍

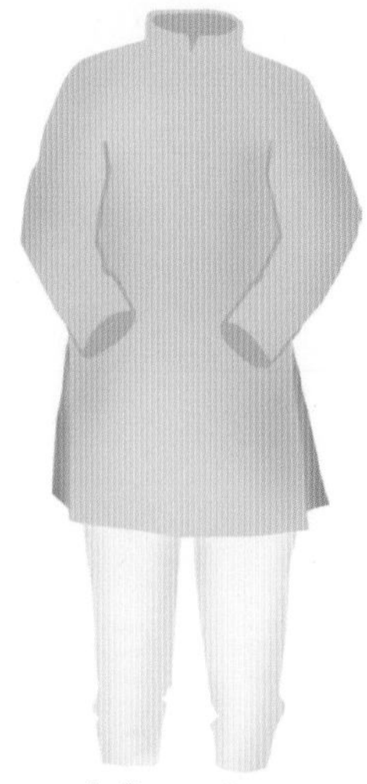

Kurta
古答

Sari
莎麗

三、補充詞彙

jaket
外套
kemeja
襯衫
gaun
洋裝
kasut
鞋子
sarung kaki
襪子
topi
帽子
kuning
黃
putih
白
merah jambu
粉紅
hijau
綠
coklat
棕
kelabu
灰
hitam
黑

parti hari jadi
生日派對

majlis perkahwinan
婚禮

hari sukan 運動會		majlis graduasi 畢業典禮
anda 您	kamu 你 / 你們	saya 我
dia 他		ia 它 / 牠
besok 明天	hari ini 今天	kelmarin 昨天
lusa 後天		kelmarin dulu 前天

四、語文活動：句子加長

pakai	穿
pakai baju	穿衣服
pakai baju merah	穿紅色衣服
pakai baju Kebaya merah	穿紅色的娘惹衫
Emak pakai baju Kebaya merah.	媽媽穿紅色的娘惹衫。

dengan	搭配
dengan seluar	搭配褲子
pakai kemeja Batik dengan seluar	穿巴迪衫搭配褲子
Tauke pakai kemeja Batik dengan seluar hitam.	老闆穿巴迪衫搭配黑色褲子。

五、語文活動：讀讀看

Kamu mau pakai apa untuk majlis perkahwinan?	你要穿什麼衣服參加婚禮？
Saya mau pakai gaun merah jambu ke majlis perkahwinan.	我要穿粉紅色的洋裝參加婚禮。
Adik mau pakai apa untuk parti hari jadi?	妹妹要穿什麼參加生日派對？
Dia mau pakai kemeja kuning ke parti hari jadi.	她要穿黃色的襯衫參加生日派對。
Kamu mau pakai topi apa untuk majlis graduasi?	你要戴什麼帽子去畢業典禮？
Saya mau pakai Songkok hijau ke majlis graduasi.	我要戴綠色的宋谷帽去畢業典禮。
Adik mau pakai kasut apa untuk hari sukan?	弟弟要穿什麼鞋子去運動會？
Dia mau pakai kasut putih ke hari sukan.	他要穿白色的鞋子去運動會。

六、語文活動：拼音練習

㈠ 認識字母的大、小寫

大寫	小寫	字母詞彙	
F	f	foto	faktor
G	g	dengan	Songkok
H	h	hitam	perkahwinan
I	i	topi	kuning
J	j	baju	jambu
K	k	pakai	Kebaya

㈡ 拼音練習

拼音	e	ce	ke	me	se	ja	mak	pat	rah

e-mak	→	emak	me-rah	→	merah
ce-pat	→	cepat	ke-me-ja	→	kemeja
ke-ba-ya	→	kebaya	se-mak	→	semak

㈢ 寫寫看

大寫 Huruf Besar				小寫 Huruf Kecil			
F				f			
G				g			
H				h			
I				i			
J				j			
K				k			

㈣ 拼拼看、寫寫看

	ja	jam	lah	mak	pat	rah
e						
ce						
ke						kerah
me		mejam				
se					sepat	

七、語文練習

㈠ 填填看

1. Saya (   ) (   ) Batik hijau (   ) seluar (   ).
我（穿）綠色巴迪（衫）（搭配）（黑色）褲子。

2. (   ) (   )!
（快去）（準備）！

(二) 連連看

1.

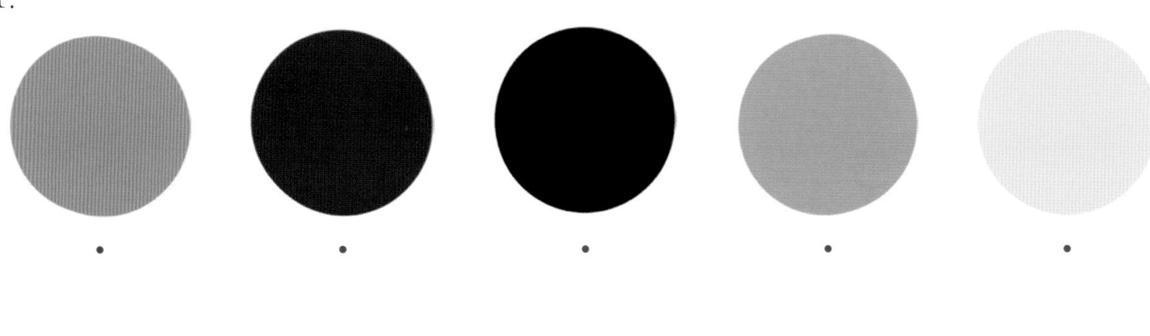

coklat　merah jambu　kelabu　hitam　kuning

2.

seluar　kemeja Batik　Sari　Songkok

宋谷帽　紗麗　巴迪衫　褲子

3.

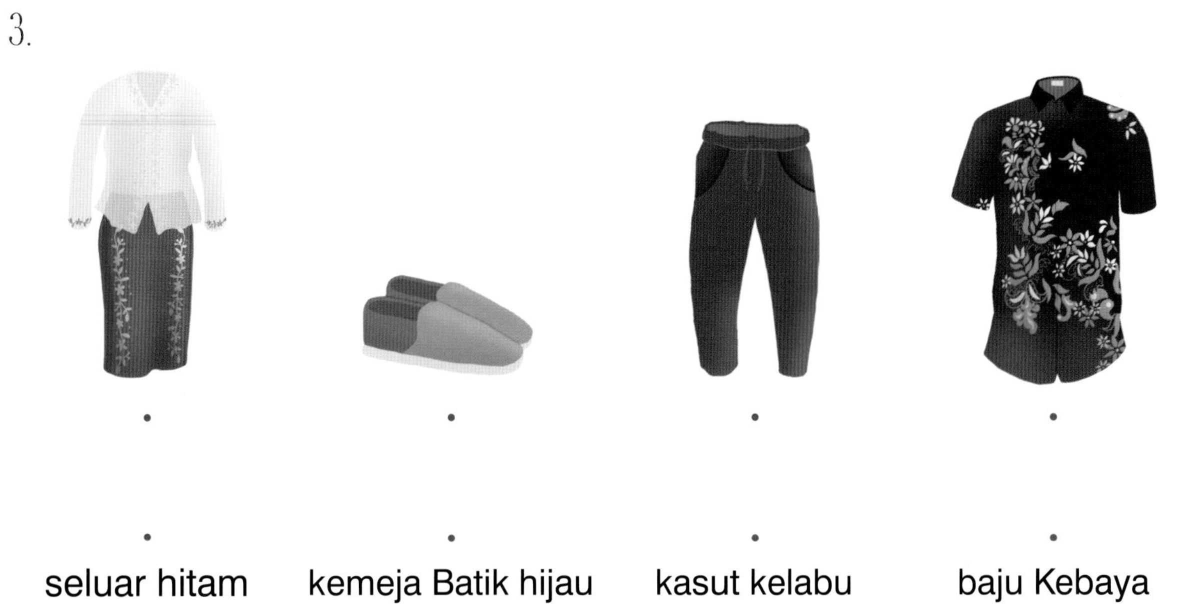

seluar hitam　kemeja Batik hijau　kasut kelabu　baju Kebaya

㈢ 寫寫看、念念看

pakai			apa		
baju			topi		
merah			hijau		
seluar			gaun		
kuning			baju Kebaya		
hitam			kemeja Batik		
coklat			Songkok		
jaket			sarung kaki		
kasut			kemeja		
kelmarin			besok		

㈣ 句型練習

句型一　pakai（穿）

<table>
<tr><td>Kakak</td><td rowspan="4">pakai</td><td>baju Kebaya</td><td>merah.</td></tr>
<tr><td></td><td></td><td></td></tr>
<tr><td></td><td></td><td></td></tr>
<tr><td></td><td></td><td></td></tr>
</table>

句型二　dengan（搭配）

<table>
<tr><td>Aziz</td><td rowspan="4">pakai</td><td>kemeja Batik</td><td rowspan="4">dengan</td><td>seluar.</td></tr>
<tr><td></td><td>gaun</td><td></td></tr>
<tr><td></td><td></td><td></td></tr>
<tr><td></td><td>baju sut</td><td></td></tr>
</table>

句型三　pakai...... dengan......（穿……搭配……）

<table>
<tr><td>Saya</td><td rowspan="3">pakai</td><td>kemeja Batik</td><td>hijau</td><td rowspan="3">dengan</td><td>seluar</td><td>hitam.</td></tr>
<tr><td></td><td></td><td></td><td>kasut</td><td></td></tr>
<tr><td></td><td></td><td></td><td></td><td></td></tr>
</table>

故事篇　山都望公主與實京讓公主

在古晉（Kuching）的砂拉越河（Sungai Sarawak）附近，隔著河有兩座山。其中一座山稜線挺拔，但在山頂附近有道裂縫，另一座山則顯得平緩扁平，各異其趣。

其實這兩座山會長這樣是有原因的。很久以前，天上有一對姐妹神仙，年長的叫山都望公主（Puteri Santubong），年輕的叫實京讓公主（Puteri Sejinjang）。兩人的感情很好。她們不但長得很漂亮，法力也很高強。山都望公主較擅長紡紗，而實京讓公主則擅長種莊稼。

有一次她們下凡時，遇上一位英俊的王子思拉彼（Putera Serapi），兩人同時愛上了他，於是姐妹的感情因爲爭風吃醋而有了嫌隙，開始常常爲了一些小事不停的爭吵。

有一天，兩人爲了點小事，終於忍無可忍的大打出手。就這樣，實京讓公主用米樁將山都望公主的額頭打裂，而山都望公主就用紡錘打扁實京讓公主的臉。

天神知道了她們兩人的鬧劇非常生氣，便把兩人變成了隔著河遙遙對望的山都望山（Gunung Santubong）和實京讓山（Gunung Sejinjang）。

天神在懲罰兩人後，仍然餘怒未消，於是祂就遷怒毫不知情的思拉彼王子，把他也變成了遠處的另一座山，那就是思拉彼山（Gunung Serapi）。

所以你們若有機會去古晉旅遊，在經過山都望橋時，別忘了看看躺在橋兩側的公主們，至今他們的形象還是有如故事裡說的那般鮮明。

文化園地　多元豐富的傳統服飾

㈠ 傳統服飾

馬來西亞爲多元種族國家，由華人、馬來、印度三大民族，再加上少數的土著民族組成，傳統服飾多元又豐富，包括馬來人的馬來服（馬來男性穿）、古籠裝（馬來女性穿）、中山裝、旗袍、古答（印度男性穿）、紗麗（印度女性穿）等。

現在馬來西亞人還是穿著傳統服飾參加婚宴、慶祝新年或出席典禮等，表示他們飲水思源，不忘本的精神。還有街上常可見穿古籠裝的馬來女性，或穿古答或紗麗的印度人，各族仍把傳統服飾作爲日常服飾，天天穿著上街喔！

㈡ 國服巴迪 Batik

對馬來西亞人來說，用傳統的巴迪布料做成的巴迪服，是馬來西亞各個族群都共同接受的傳統服飾。當然也是馬來西亞擔任 APEC 會議東道主時，讓各國領袖穿著合照的首選！

馬來西亞的巴迪布，是以華人的絲綢，配上手繪的圖紋，最後染上繽紛的色彩。通常馬來西亞的男生會將其做成花襯衫，配上深色的長褲。而女生則會將它做成馬來傳統的娘惹服或稱可巴雅服套裝。

㈢ 提問

1. 馬來人穿傳統服飾參加婚禮、宴會等活動，所代表的涵義是什麼？
2. 說說看，為什麼在 APEC 會議中，參加會議的貴賓會穿巴迪服來合照？
3. 自主學習：上網查詢「娘惹文化」，看看美麗的娘惹衫。

居住篇
TEMPAT TINGGAL

Aziz：Wah, modennya kondominium ini!

阿茲：哇！這棟大廈很現代。

Ella：Rumah kamu di tingkat berapa?

艾拉：你家在幾樓？

Yusuf：Tingkat sembilan.

約瑟夫：九樓。

Aziz：Ada apa-apa kemudahan?

阿茲：大廈裡面有什麼設施？

Yusuf：Ada kedai serbaneka, kolam berenang dan gim.

約瑟夫：大廈裡有便利商店、游泳池和健身房。

Ella：Seronoknya kamu tinggal di sini.

艾拉：你住在這裡會很快樂喔！

二、基本詞彙

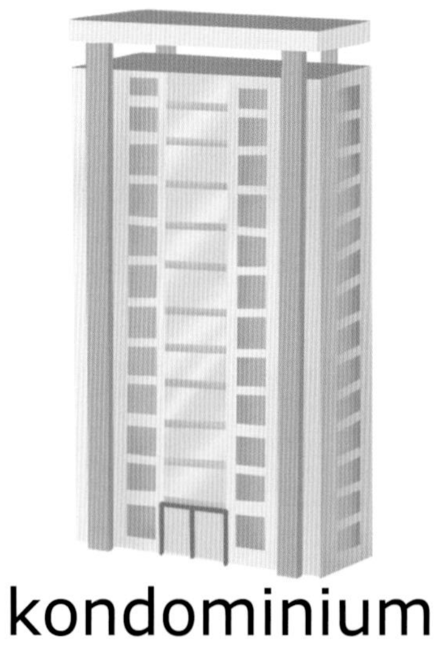

kondominium

大廈

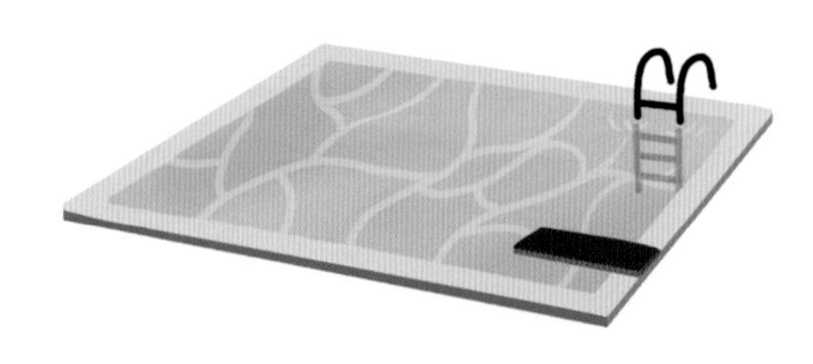

kolam berenang

游泳池

rumah panggung

高腳屋

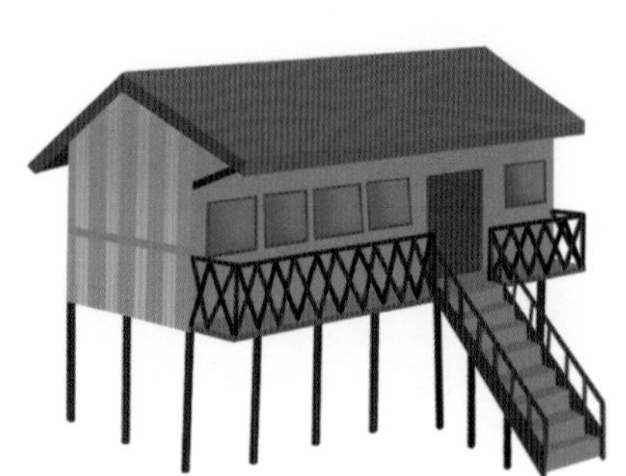

rumah panjang

長屋

kompleks apartmen

公寓大樓

rumah agam

別墅

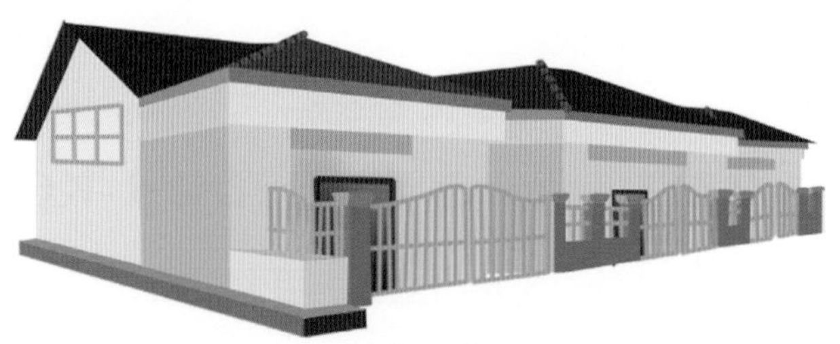

rumah teres

排屋

tinggal 住　ada 有　seronok 快樂
moden 現代　beruntung 幸福

三、補充詞彙

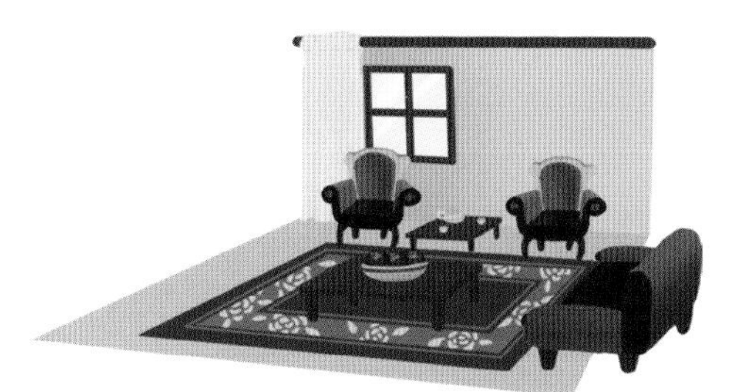

ruang tamu
客廳

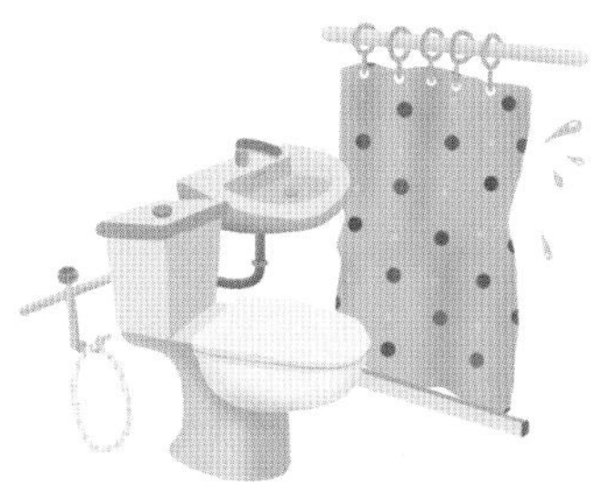

bilik mandi
浴室

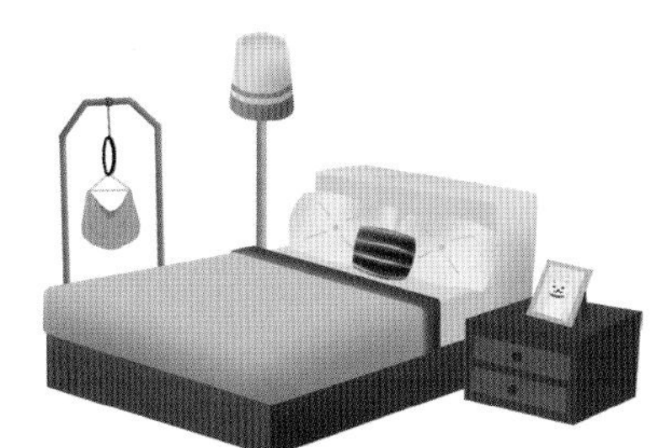

bilik tidur
臥室

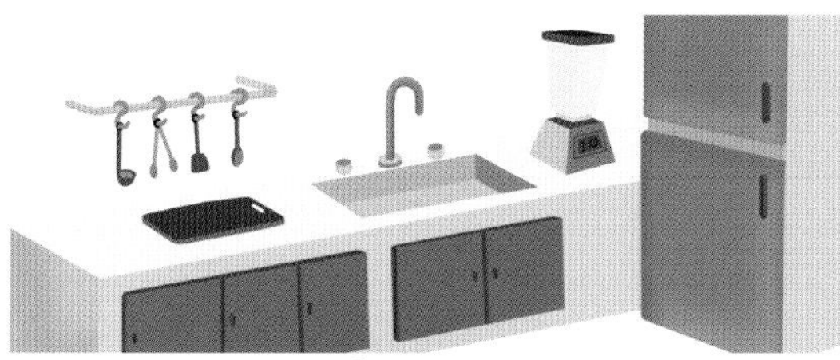

dapur
廚房

ruang makan
飯廳

gim
健身房

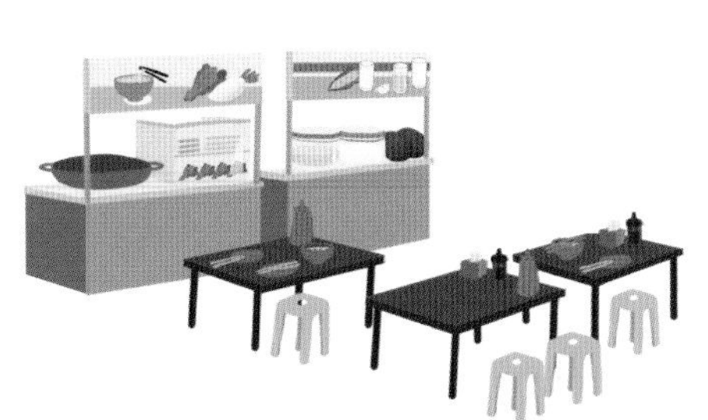

kedai makan
小吃店

pasar
菜市場

kedai gunting 理髮廳	pasaraya 超級市場	kedai serbaneka 便利商店	pawagam 電影院	
perpustakaan 圖書館	penghawa dingin 冷氣機	periuk elektrik 電鍋	kipas elektrik 電風扇	
televisyen 電視	komputer 電腦	peti sejuk 冰箱	mesin basuh 洗衣機	dapur gas 瓦斯爐

四、語文活動：句子加長

rumah panggung	高腳屋
rumah panggung datuk	爺爺的高腳屋
Rumah panggung datuk di mana?	爺爺的高腳屋在哪裡？

ada	有
ada perpustakaan	有圖書館
Ada perpustakaan di kompleks apartmen.	公寓大樓裡有圖書館。

beruntungnya	很幸福
beruntungnya pak cik	舅舅很幸福
Beruntungnya pak cik tinggal di sini.	舅舅住在這裡很幸福。

五、語文活動：讀讀看

Ada apa-apa kemudahan di dalam kondominium?	大廈裡面有什麼設施？
Ada gim, kolam berenang dan kedai serbaneka.	大廈裡有健身房、游泳池和便利商店。
Ada apa-apa kemudahan di dalam kompleks apartmen?	公寓裡有什麼設施？
Ada kedai makan, pasar dan kedai gunting di dalam kompleks apartmen.	公寓裡有小吃店、菜市場和理髮廳。
Ada apa-apa di dalam dapur?	廚房裡有什麼？
Ada peti sejuk, periuk elektrik dan dapur gas di dalam dapur.	廚房裡有冰箱、電鍋和瓦斯爐。
Ada apa-apa di dalam ruang tamu?	客廳裡有什麼？
Ada televisyen, komputer dan penghawa dingin di dalam ruang tamu.	客廳裡有電視、電腦和冷氣。

六、語文活動：拼音練習

(一) 認識字母的大、小寫

大寫	小寫	字母詞彙	
L	l	seluar	sembilan
M	m	pawagam	muzik
N	n	ruang tamu	kondominium
O	o	moden	kolam berenang
P	p	apartmen	pasaraya

(二) 拼音練習

拼音	i	di	mi	ni	bi	si	ngin	ting

i-ni	→	ini	per-gi	→	pergi
di-ngin	→	dingin	si-ni	→	sini
mi-ni	→	mini	ting-gal	→	tinggal

(三) 寫寫看

大寫 Huruf Besar				小寫 Huruf Kecil			
L				l			
M				m			
N				n			
O				o			
P				p			

(四) 拼拼看、寫寫看

	gi	ni	kat	lik	ngin
l					
di	DIGI				
mi					
si	sigi			silik	
ting					

七、語文練習

(一) 選出正確的答案

1. Saya tinggal di tingkat sembilan.

（　　　　　）我住在　①1樓、②4樓、③9樓、④2樓。

2. Ada kedai serbaneka di dalam kondominium.

（　　　　　）大廈裡有　①超級市場、②便利商店、③健身房、④圖書館。

3. Beruntunglah kamu tinggal di sini.

（　　　　　）你住在這裡很　①現代、②快、③慢、④幸福喔！

(二) 連連看

1.

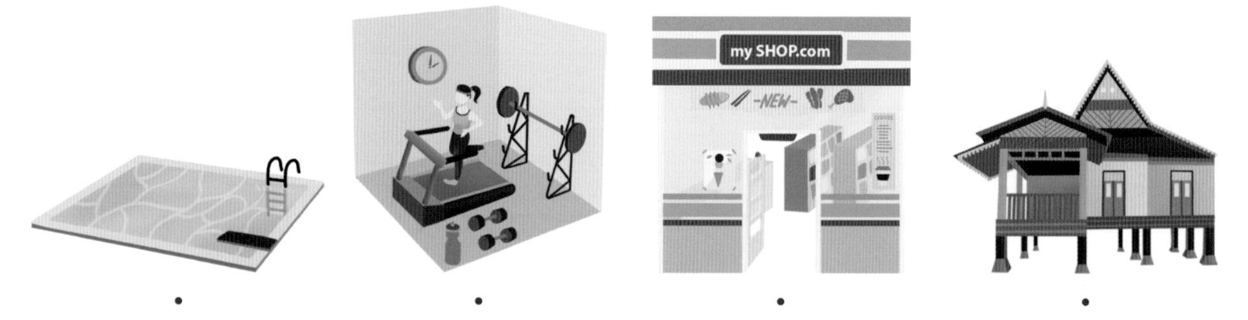

kedai serbaneka | rumah panggung | kolam berenang | gim

2.

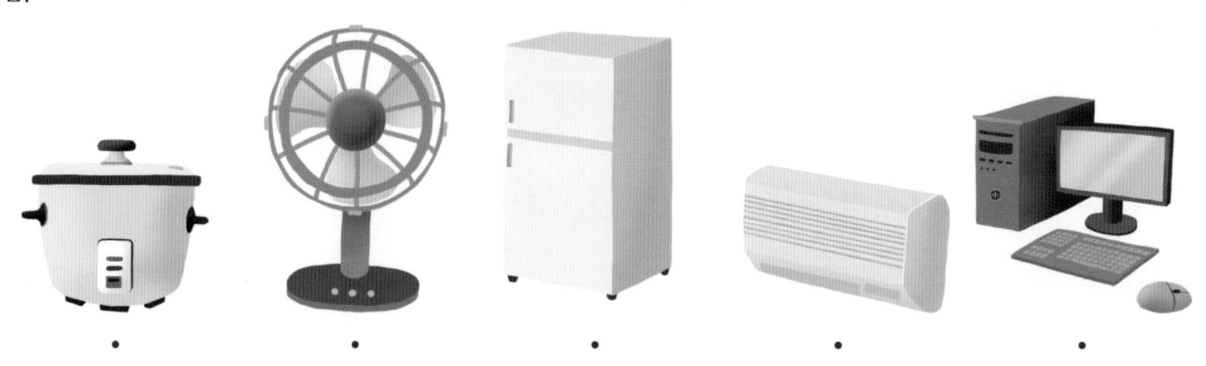

periuk elektrik | komputer | penghawa dingin | peti sejuk | kipas elektrik

(三) 寫寫看、念念看

tinggal			kedai makan		
kondominium			rumah agam		
kolam berenang			pasar		
rumah panjang			dapur		
rumah panggung			kedai serbaneka		
kipas elektrik			bilik mandi		
penghawa dingin			periuk elektrik		
televisyen			peti sejuk		
seronok			beruntunglah		
pawagam			perpustakaan		

㈣ 句型練習

1. 照樣寫寫看

句型一 tinggal di（住在）

<table>
<tr><td>Saya</td><td rowspan="3">tinggal di</td><td>tingkat</td><td>lima.</td></tr>
<tr><td></td><td></td><td></td></tr>
<tr><td></td><td></td><td></td></tr>
</table>

句型二 beruntunglah（很幸福）

<table>
<tr><td rowspan="3">Beruntunglah</td><td>kamu</td><td rowspan="3">tinggal di</td><td>sini.</td></tr>
<tr><td></td><td></td></tr>
<tr><td></td><td></td></tr>
</table>

2. 問與答

⑴ Ada apa-apa kemudahan di dalam kondominium?

大廈裡有什麼設施？

Kondominium ada (　　　　　　　　), (　　　　　　　　)

dan (　　　　　　　　).

大廈裡有（健身房）、（游泳池）和（便利商店）。

⑵ Ada apa-apa kemudahan di dalam rumah nenek?

外婆家有什麼設施？

Rumah nenek ada (　　　　　　　　), (　　　　　　　　),

(　　　　　　　　) dan (　　　　　　　　).

外婆家有冷氣、冰箱、電視和電腦。

文化園地　住房傳統現代並陳

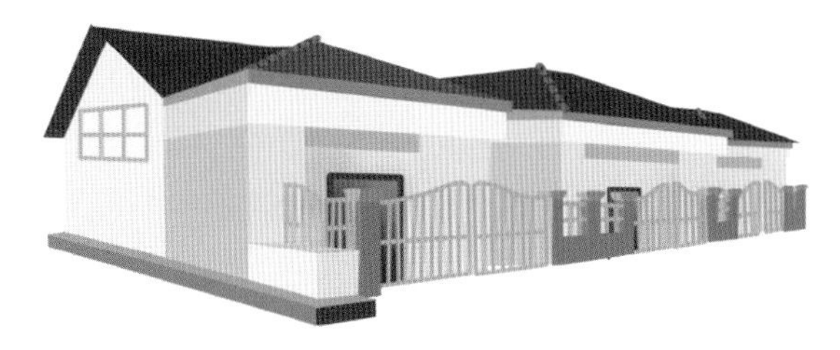

㈠ 排屋與公寓大廈

馬來西亞鄉村地廣人稀，人們大多住在「排屋」裡面。「排屋」就像臺灣的連棟透天厝。其命名通常會以「◯◯花園」來稱之，所以又稱爲花園屋。

在馬來西亞的城市，因地少人稠，近年來興起蓋集合住宅的公寓風潮，因馬來西亞的城市規劃理念是住商分離的，因此往往「公寓」是以聚落式社區型態存在，公寓社區裡的公設齊全，規劃有各種休閒設備及專屬的消費商店。這和我國沒有公設的集合住宅稱爲「公寓」，有公設的住宅稱爲「大樓」是不同的。

㈡ 風格迥異的高腳屋

在氣候濕潤、雨量充沛的東南亞地區，高腳屋是傳統的居住形式。懸空屋底的空間可以飼養家畜，還可以阻隔動物的騷擾。現今的馬來西亞，只剩下少數的老人家住在這樣具有馬來民族特色的房屋。

在馬六甲有個「迷你馬來西亞」景點，陳列各州不同的高腳屋型式。其中最具特色的是森美蘭州的米南加保人所住的高腳屋，屋頂像牛角那般尖尖的模樣；另一個就是砂拉越州的伊班人，將高腳屋蓋成長長的一棟，它是一個村落，所有的村民都住在裡面，我們稱爲「長屋」。

㈢ 提問

1. 為什麼東南亞國家有很多人住在高腳屋，它的好處有哪些？
2. 高腳屋的外型因為族群的生活型態而改變，假如你想住高腳屋，你會如何設計？

故事篇　換頭記

印度有個神叫濕婆（Shiva），祂和妻子雪山女神（Parvati）生了兩個孩子，象頭神（Ganesha）和戰神姆魯甘（Murugan）。兩個小孩很不一樣，小兒子姆魯甘長得很俊俏，但大兒子卻有一顆大象的頭。其實象頭神本來也很英俊，只是因爲誤會，被濕婆砍掉頭顱，這才變成象頭。

有一次，濕婆去雪山深處修行了很久。雪山女神就在這期間，懷孕並生下象頭神。當濕婆修行完回家時，孩子已經長大，成爲一個俊俏的青年了。不巧的是，濕婆回到家時，象頭神正幫忙洗澡中的母親看門防範宵小。所以當英俊的象頭神不讓濕婆進家門時，祂非常生氣，加上祂誤會了象頭神和雪山女神的關係，於是兩人就打起來了。

結果濕婆打贏了，祂就把兒子的頭砍下來。等到雪山女神聽見外面的打鬥聲，出門查看時，不幸的事已經發生了！雪山女神傷心欲絕的告訴濕婆眞相，濕婆才知道自己做錯了。

不過即使祂後悔，也無法救治死去的孩子，於是祂去向生命之神毗濕奴（Vishnu）求救。毗濕奴告訴濕婆說：「明天你要往我交代的方向走，當你看到第一個生物時，你就將它的頭砍下，安裝在你兒子的脖子上，這樣他就會復活了。」

濕婆依言去做，結果遇上的第一個生物是大象，於是祂砍下象頭。從此，象頭神就成了象頭人身的神祇。

交通篇
TRANSPORTASI

Ella : Abang, kita balik ke rumah menaiki tren apa?

艾拉：哥哥，我們要坐哪種電車回家？

Aziz : Ada sebuah komuter akan tiba, tetapi ia lebih lambat.

阿茲：有一班電聯車快到了，但它比較慢。

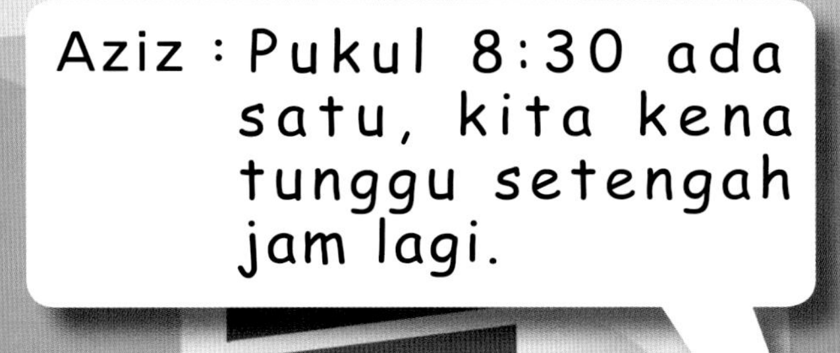

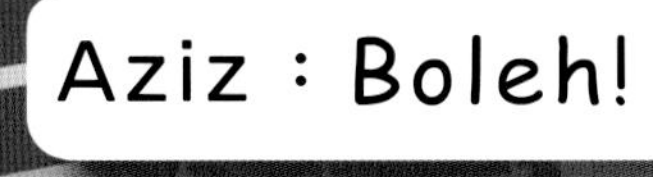

Ella : Kalau naik ETS, kena tunggu berapa lama?

艾拉 ：如果搭電動火車，還要等多久？

Aziz : Pukul 8:30 ada satu, kita kena tunggu setengah jam lagi.

阿茲 ：八點半有一班，我們要再等半小時。

Ella : Boleh kita naik ETS balik ke rumah?

艾拉 ：那我們可以搭電動火車回家嗎？

Aziz : Boleh!

阿茲 ：可以。

二、基本詞彙

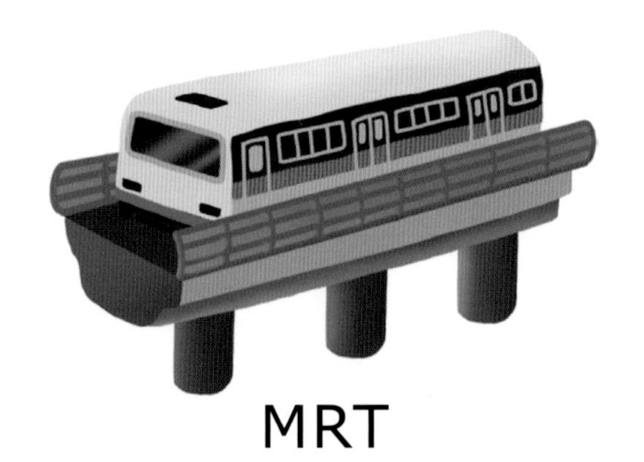

MRT
捷運

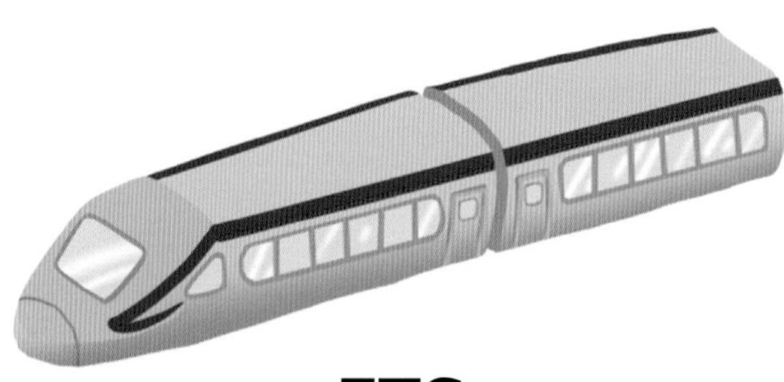

ETS
電動火車

keretapi
火車

kereta
汽車

kapal terbang
飛機

feri
渡輪

basikal
腳踏車

komuter 電聯車　lebih 比較

三、補充詞彙

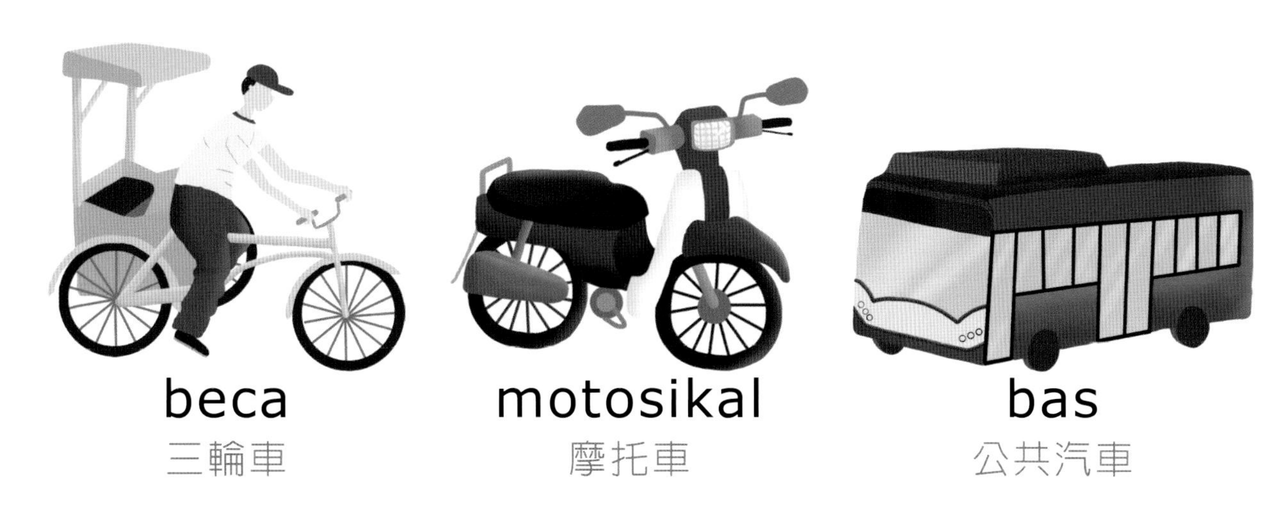

beca
三輪車

motosikal
摩托車

bas
公共汽車

naik 坐／搭乘　menunggang 騎
memandu 開（駕駛）　jalan kaki 走路

cepat 快　lambat 慢　baru 新　lama 舊
hadapan 前　belakang 後　besar 大　kecil 小
kiri 左　kanan 右

pada （時間用介係詞）在	tunggu berapa lama 等多久	selepas/ kemudian 之後	pukul （時間單位）點
lebih kurang 大約	jam （時間單位）小時	minit 分鐘	lebih 比較

四、語文活動：句子加長

naik	搭
menaiki ETS	搭電動火車
kita menaiki ETS	我們搭電動火車
Kita balik ke rumah dengan menaiki ETS.	我們搭電動火車回家。
kalau	如果
kalau naik ETS	如果搭電動火車
kalau naik ETS, kena tunggu berapa lama?	如果搭電動火車，還要等多久？
lambat	慢
lebih lambat	比較慢
Ia lebih lambat.	它比較慢。

五、語文活動：讀讀看

Kalau naik ETS, kena tunggu berapa lama?	如果搭電動火車，還要等多久？
Pukul 8:30 ada satu, kita kena tunggu setengah jam lagi.	八點半有一班，我們要再等半小時。
Boleh kita naik bas balik ke rumah?	我們可以搭公車回家嗎？
Kita balik ke rumah dengan menunggang basikal.	我們騎腳踏車回家。

Sekarang pukul tujuh pagi.	現在是早上 7 點整。
Sekarang pukul sembilan setengah pagi.	現在是早上 9 點半。
Sekarang pukul dua belas setengah tengah hari.	現在是中午 12 點半。
Sekarang pukul lima lima puluh minit petang.	現在是下午 5 點 50 分。
Sekarang pukul enam suku malam.	現在是晚上 6 點一刻。

六、語文活動：拼音練習

(一) 認識字母的大、小寫

大寫	小寫	字母詞彙	
Q	q	Quran	qari
R	r	keretapi	feri
S	s	besar	seluar
T	t	hitam	topi
U	u	pukul	tunggu

(二) 拼音練習

拼音	o	co	do	mo	ro	kok	kon	nok	song

kon+do	→	kondo
ro+kok	→	rokok
mo+den	→	moden

song+kok	→	songkok
co+klat	→	coklat
se+ro+nok	→	seronok

(三) 寫寫看

大寫 Huruf Besar				小寫 Huruf Kecil			
Q				q			
R				r			
S				s			
T				t			
U				u			
Q				q			

㈣ 拼拼看、寫寫看

	ri	doh	leh	tak	rang
O	ori				
bo					
ho				hotak	
ko	kori				
Lo					

七、語文練習

㈠ 連一連

1.

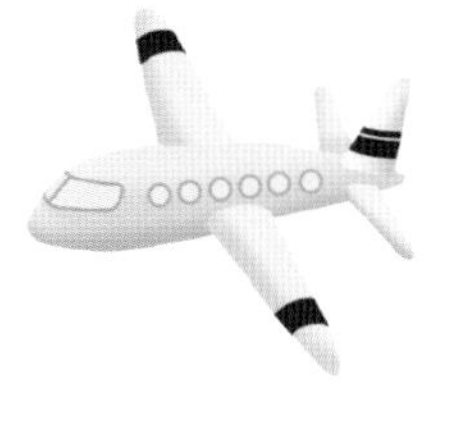

basikal　tren　kapal terbang　feri　bas

2.

komuter	ETS	naik	lambat	hadapan	belakang
•	•	•	•	•	•
•	•	•	•	•	•
電動火車	電聯車	慢	搭	後	前

3. 把相反的詞彙連起來。

hadapan	kiri	besar	cepat	baru
•	•	•	•	•
•	•	•	•	•
kecil	lambat	belakang	lama	kanan

㈡ 選出正確的答案

1. Kita kena tunggu (   ) lagi.
(   ) ① setengah jam ② sepuluh minit ③ dua jam ④ satu jam
我們要再等（半小時）。

2. Kita balik ke rumah dengan menaiki (   ).
(   ) ① kapal terbang ② MRT ③ beca ④ keretapi
我們坐（三輪車）回家。

(三) 寫寫看、念念看

naik			tren		
lambat			kereta		
cepat			memandu		
komuter			basikal		
motosikal			beca		
lama			baru		
hadapan			belakang		
kiri			kanan		
besar			kecil		
jalan kaki			bas pelancongan		

㈣ 問與答

句型一　Bagaimana kita balik ke rumah? 搭什麼車回家？

<table>
<tr><td>Kita</td><td rowspan="3">balik ke rumah</td><td rowspan="3">dengan menaiki</td><td>basikal.</td></tr>
<tr><td></td><td></td></tr>
<tr><td></td><td></td></tr>
</table>

句型二　Sekarang pukul berapa? 現在是幾點鐘？

<table>
<tr><td rowspan="2">Sekarang pukul</td><td>tujuh</td><td>pagi.</td></tr>
<tr><td></td><td></td></tr>
</table>

<table>
<tr><td rowspan="2">Sekarang pukul</td><td>sembilan</td><td>setengah</td><td>pagi.</td></tr>
<tr><td></td><td></td><td></td></tr>
</table>

<table>
<tr><td rowspan="2">Sekarang pukul</td><td>lima</td><td>lima puluh</td><td>minit</td><td>petang.</td></tr>
<tr><td></td><td></td><td></td><td></td></tr>
</table>

<table>
<tr><td rowspan="2">Sekarang pukul</td><td>lapan</td><td>suku</td><td>malam.</td></tr>
<tr><td></td><td></td><td></td></tr>
</table>

文化園地　便捷的大眾運輸

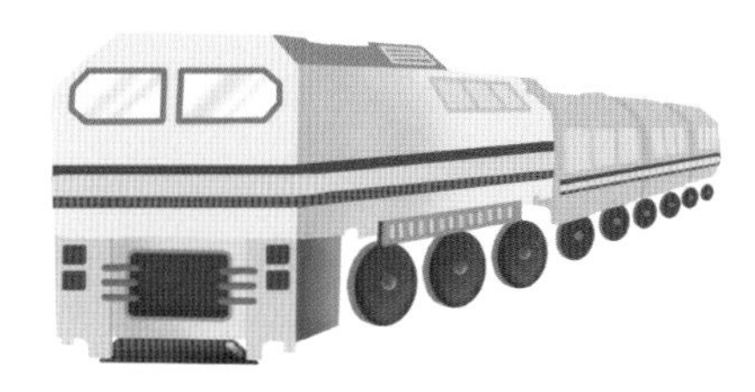

㈠ 火車與廉航

燒煤或柴油的火車，曾經是馬來半島上最重要的交通工具。從礦區、經濟作物種植區到城市、港口，連接了國家的經濟命脈，火車站可以說是地方上的交通樞紐。

世界環保意識抬頭，馬來西亞的火車逐步電氣化，城市中的電聯車、長途運輸的電動火車，取代了燃煤或燒柴油的火車。講求快速效率的現代，廉價航空公司崛起，人們在遼闊的馬來西亞旅行，搭乘飛機比搭乘火車的成本更低！

若是想要細細品味馬來西亞的熱帶景致，搭火車能帶給你的樂趣，就不是搭飛機可比喔！

㈡ 城市交通

馬來西亞的大城市的鐵路、捷運系統是它們最重要的大眾運輸工具。

首都吉隆坡的鐵路、捷運網發達：電聯車、機場快鐵、LRT（輕快鐵或地鐵）以及 Monorail（單軌電車）等四種鐵路，系統互相共構，支持著這個馬國第一大城市的公共交通。

未來，馬來西亞在其他人口稠密的城市展開交通建設，如第二大城檳城和柔佛州的新山。因爲新山鄰近新加坡，所以它的地鐵系統，研議要跟新加坡地鐵公司合作，蓋成跨國的捷運系統。

㈢ 提問

1. 說一說為何火車站會成為市鎮的交通樞紐？
2. 飛機快速，但通關也耗時，搭火車也是一種不同的享受。自己若要從吉隆坡到檳城，選擇搭飛機好還是搭火車好？說說自己的看法。（可以從環保、時間、花費等條件考量）

故事篇　瑪蘇麗的冤屈

一對夫妻住在稻產豐富的蘭卡威島（Pulau Langkawi）。一天，丈夫上山採藥聽到嬰兒哭聲，循聲而去卻沒看到嬰兒，只在地上找到一些燒焦的米粒，丈夫撿起米粒時，哭聲就停止了。回家後丈夫跟妻子說這奇遇。妻子很高興，她告訴丈夫：「我聽老人家說，這些米粒是受精靈祝福的吉祥物。」

以後妻子每次做飯，就會加點燒焦的米粒進去，說也奇怪，他們家從此交上好運，變得富裕。過不久，妻子懷孕了，生下女兒——瑪蘇麗（Mahsuri）。瑪蘇麗長得非常漂亮，所有蘭卡威男孩都想娶她當妻子，連酋長都想納她爲妾。不過，瑪蘇麗最終嫁給了一位富商。

瑪蘇麗剛懷孕時，她丈夫和酋長有事出遠門，碰巧此時蘭卡威來了位雲遊詩人，他和瑪蘇麗變成好朋友。在詩人寫詩祝福下，瑪蘇麗平安生下男孩。酋長夫人非常忌妒瑪蘇麗，所以當富商回來時，就向他謊稱孩子是瑪蘇麗和詩人通奸所生。酋長很生氣，便下令處死瑪蘇麗。雖然大家知道瑪蘇麗是無辜的，卻沒人敢幫瑪蘇麗說話。

酋長一聲令下，短劍刺穿了瑪蘇麗的身軀，說也奇怪，瑪蘇麗流出來的血竟是白色的。臨終的瑪蘇麗望著圍觀但沉默的人們，詛咒蘭卡威將要貧困七代之久。果然不久之後，暹羅王國（Siam）攻打蘭卡威並摧毀了它。蘭卡威自此沒落長達一百多年。

育樂篇
HIBURAN

Beng Soon：Kamu ada masa lapang tak hari Jumaat ini?

文順：這星期五有空嗎？

Aziz：Ada apa hal?

阿茲：有什麼事？

Beng Soon：Nak ajak kamu pergi bermain badminton.

明順：我想邀你去打羽毛球，好嗎？

Aziz：Tak boleh, saya kena pergi sembahyang.

阿茲：不行，我要去禮拜。

Beng Soon：Mungkin kita boleh pergi bermain selepas itu.

明順：或許我們可以禮拜後去打球。

Aziz：Ok!

阿茲：Ok ！

二、基本詞彙

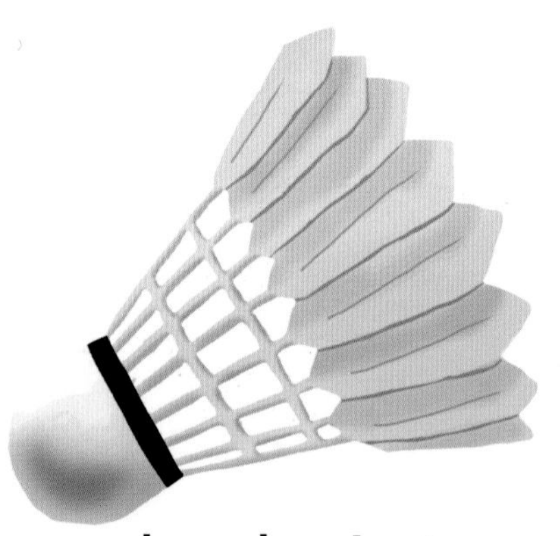

badminton
羽毛球

hari Jumaat
星期五

ada masa lapang 有空　bermain 打球／玩
ajak 邀請　sembahyang 禮拜

三、補充詞彙

bola sepak
足球

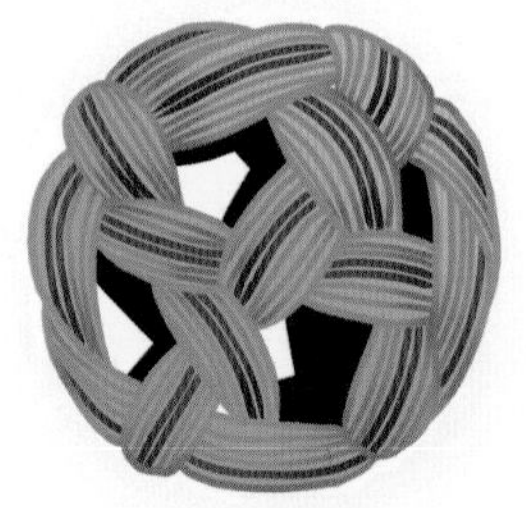

bola takraw
藤球

ping pong
乒乓球

bola tenis
網球

berenang
游泳

memancing
釣魚

menonton wayang
看電影

berkelah
野餐

mendengar muzik
聽音樂

mendaki bukit
爬山

hari Isnin 星期一	hari Selasa 星期二	hari Rabu 星期三	hari Khamis 星期四
hari Sabtu 星期六	hari Ahad 星期日	hujung minggu 周末	

kita 我們	kami 我們	kalian 你們
dia 他	mereka 他們	kita semua 大家

四、語文活動：句子加長

ajak	邀
nak ajak	想邀
Saya nak ajak kamu pergi bermain.	我想邀你去玩。
Saya nak ajak kamu pergi bermain badminton.	我想邀你去打羽毛球。
mungkin	或許
mungkin kita	或許我們
Mungkin kita boleh pergi bermain badminton.	或許我們可以去打羽毛球。
ada masa lapang	有空
Ada masa lapang tak?	有空嗎？
Kamu ada masa lapang tak hari Jumaat ini ?	你這星期五有空嗎？

五、語文活動：讀讀看

Kamu ada masa lapang tak hari Jumaat ini?	你這星期五有空嗎？
Saya akan pergi sembahyang hari Jumaat ini.	我這星期五要去做禮拜。
Datuk ada masa lapang tak hari Ahad ini?	爺爺這星期日有空嗎？
Datuk akan pergi mendaki bukit hari Ahad ini.	爺爺這星期日要去爬山。
Mungkin kita boleh pergi bermain badminton.	或許我們可以去打羽毛球。
Mungkin kita sekeluarga boleh pergi menonton wayang.	或許全家人可以去看電影。
Datuk dan kawannya akan pergi memancing hari Khamis ini.	爺爺和朋友這星期四要去釣魚。
Saya dan rakan saya akan pergi menonton wayang hari Sabtu ini.	我和同學這星期六要去看電影。

六、語文活動：拼音練習

(一) 認識字母的大、小寫

大寫	小寫	字母詞彙	
V	v	visa	vitamin
W	w	wayang	sepak takraw
X	x	sinar-X	xilofon
Y	y	sembahyang	Kebaya
Z	z	muzik	sut zhongshan

(二) 拼音練習

拼音	u	bu	ju	lu	mu	tu	rung	ua

bu+kit	→	bukit	Sab+tu	→	Sabtu
Ju+ma+at	→	Jumaat	bu+rung	→	burung
mu+zik	→	muzik	se+luar	→	seluar

(三) 寫寫看

大寫 Huruf Besar				小寫 Huruf Kecil			
V				v			
W				w			
X				x			
Y				y			
Z				z			

(四) 拼拼看、寫寫看

	ru	ta	tuk	dang	tung
U					
un					
gu					
ju					jutung
sun			suntuk	sundang	

七、語文練習

(一) 連一連

1.

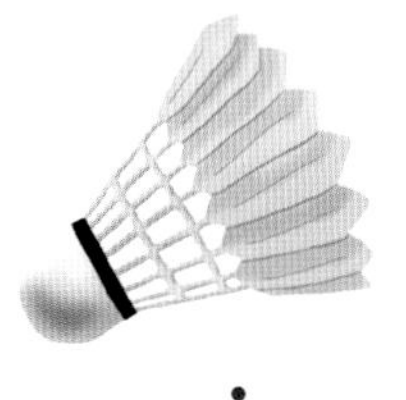

badminton　　sembahyang　　hari Jumaat　　bola takraw

2.

mendengar muzik	memancing	berenang	hari Sabtu	hari Ahad

㈡ 選出正確的答案

( ) 1. Kamu ada masa lapang tak hari ( ) ini?

① Jumaat ② Sabtu ③ Ahad ④ Selasa

你這（星期二）有空嗎？

( ) 2. Saya nak ajak kamu pergi ( )?

① bermain sepak takraw ② berkelah

③ bermain bola sepak ④ bermain badminton

我想邀你去（野餐）好嗎？

( ) 3. Mungkin kita boleh pergi ( ) selepas itu.

① sembahyang ② berenang ③ bermain

④ memancing

或許我們可以禮拜後去（游泳）。

㈢ 寫寫看、念念看

hari Isnin			hari Jumaat		
hari Selasa			hari Sabtu		
hari Rabu			hari Ahad		
hari Khamis			sembahyang		
badminton			ada masa lapang		
bola sepak			berkelah		
sepak takraw			memancing		
ping pong			mendaki bukit		
kita semua			kami		
menonton wayang			mendengar muzik		

㈣ 問與答

句型一

Kamu	ada masa lapang tak hari	Jumaat	ini?

句型二

Saya	akan pergi	sembahyang	hari	Jumaat	ini.

句型三　...... nak ajak......pergi......, jom？（想邀請……去……，好嗎？）

Saya	nak ajak	kamu	pergi	bermain badminton,	jom?

文化園地　各州可自行決定公共假日

2021.5 MAY
6
星期五

㈠ 不統一週休

在臺灣，全國週休二日，都排在星期六和日，而馬來西亞的週休二日，並沒有全國統一的日子，而是由各州自行決定，要休在一個星期的哪兩天。

在吉打、登加樓、吉蘭丹和柔佛這四個州，大部分的人信奉伊斯蘭教，他們的週休假日訂在星期五和星期六兩天。對穆斯林來說，星期五是他們的主麻日，也就是一週中最重要的禮拜的日子，因此用星期五取代星期日作爲週休的日子。

備註：主麻日（主麻禮拜）是穆斯林每個星期五到清眞寺做禮拜。

㈡ 分殊的公共假日與連假

由於馬來西亞是多種族組合而成的聯邦國家，各種族有其特殊的節慶，是遊子回鄉團聚的日子，所以眞正屬於全國性的公共假期並不多。返鄉潮會因爲各地的傳統節日不同，而有所不同。在馬來西亞，一年中會形成返鄉潮的公共假期大概只有三個。

第一個是馬來人或伊斯蘭教徒的開齋節，一般會放兩天公共假期，若遇上週末那就會變成四天連假。

第二個節慶是華人的新年，一般也會放兩天公共假期，所以它的返鄉情況往往和開齋節相似。

第三個節慶是屬於印度人的屠妖節，雖然只有一天公共假期，但若遇上週休時，也會引發返鄉潮。

㈢ 提問

1. 想想看，沒有統一的週休二日，是否會帶來生活的不方便？說一說自己的看法，也可以舉例子說明。
2. 馬來西亞組成的三大族群，華人、馬來人和印度人，說一說會引發他們回鄉塞車潮的理由。

故事篇　華人寡婦山

在婆羅洲北部有一座很高的山，沙巴人原本稱它爲神山，因爲那裡是人死後靈魂的處所。不過，後來人們改稱它爲京那巴魯山（Gunung Kinabalu）。

約在中國的明朝時期，這座山上的山洞裡住了一條龍，守護著一顆夜明珠。在那裡經商的明人和當地人都知道此事，但因畏懼那條龍，沒有人敢去盜取夜明珠。

當時明朝派官吏駐紮當地保護商人，當駐員調回大明時，這個消息就被皇帝得知了，於是皇帝派了一位王子來取夜明珠。

可是龍日夜守護著，夜明珠不容易得手，所以王子在婆羅洲待了好久，也想不出辦法。就在這時，王子遇見了當地一位聰慧的卡達山－杜順（Kadazan-Duzun）族的女子。

王子在她的幫助下想出一個辦法：他們用一個中空的玻璃珠，把一根蠟燭放進去，然後趁著龍出去覓食的短暫時間裡，以假換眞的把夜明珠偷走了。

龍回來時，發現山洞還亮著光，以爲夜明珠還在，這樣王子就有充裕的時間逃離山洞。王子回到山下後，喜歡上那位女子，於是他們很快就結婚了。過一陣子，王子要回國交差了，只好跟妻子道別，踏上歸途。

不過，王子離開後就再也沒有回來，他那心碎的妻子，日夜徘徊在神山哀悼，最終變成石頭。於是人們就把神山改稱「華人寡婦山」（Gunung Cina Balu），而後再演變成京那巴魯山。

解答

第一 飲食篇 Makanan

六、語文活動：拼音練習

㈣ 拼拼看、寫寫看

	ya	dan	kan	mak	nas
a	aya	adan	akan		
ga	gaya			gamak	ganas
ma	maya		makan	mamak	manas
pa	paya	padan	pakan		panas
ta	taya			tamak	

七、語文練習

㈠ 填填看

1. Saya nak makan (mata kucing) dan (manggis).
2. Saya juga nak makan (durian) dan (buah langsat).
3. Datuk nak (minum) (air jagung).

㈡ 算算看

2 + 5 =	(tujuh)	8 – 3 =	(lima)
6 + 4 =	(sepuluh)	5 + 4 =	(sembilan)
7 – 1 =	(enam)	4 – 2 =	(dua)
9 – 1 =	(lapan)	1 + 3 =	(empat)

㈢ 連連看

1.

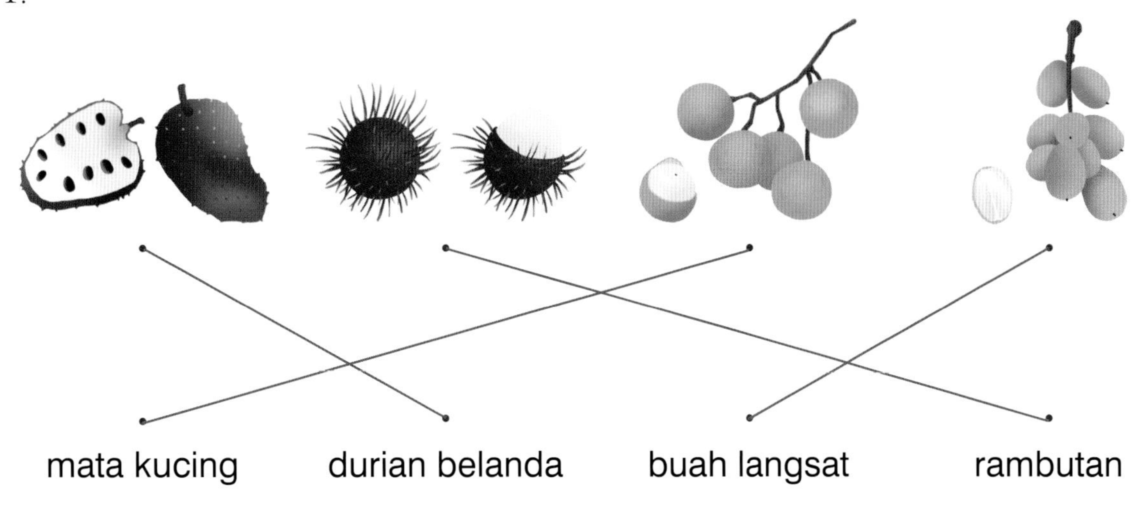

mata kucing　durian belanda　buah langsat　rambutan

2.

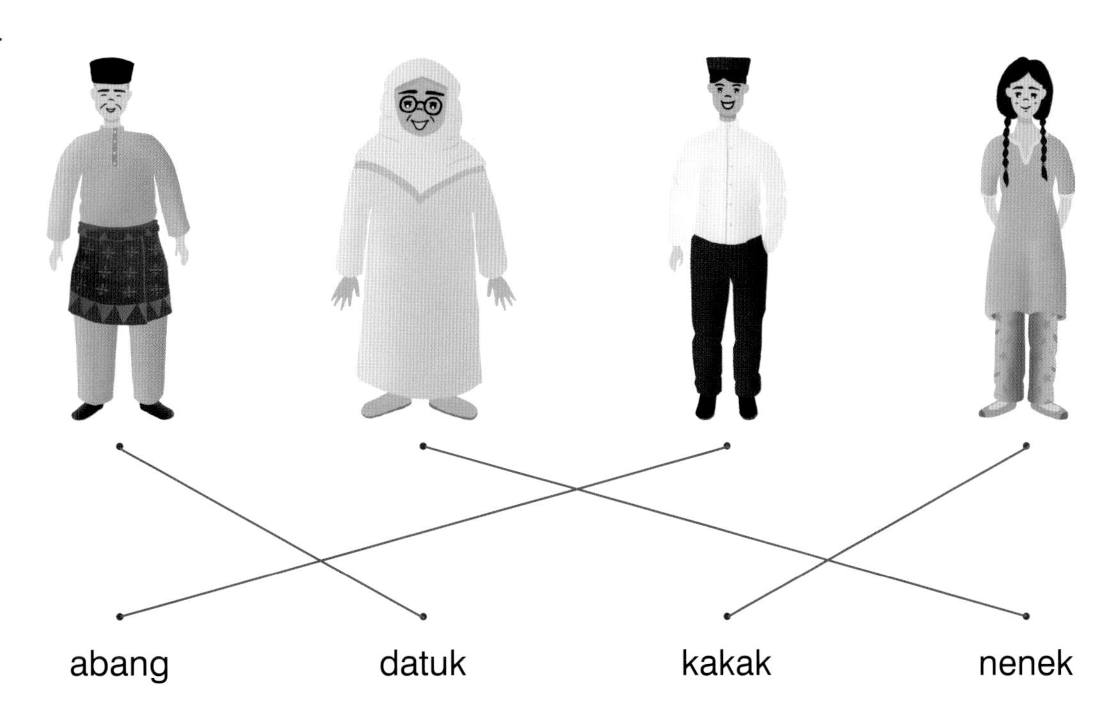

abang　datuk　kakak　nenek

六、語文活動：拼音練習

㈣ 拼拼看、寫寫看

	ja	jam	lah	mak	pat	rah
e	eja			emak		
ce			celah	cemak	cepat	cerah
ke		kejam	kelah	kemak		kerah
me	meja	mejam				merah
se				semak	sepat	serah

七、語文練習

㈠ 填填看

1. Saya (pakai) (kemeja) Batik hijau (dengan) seluar (hitam).
2. (Cepat) (bersedia)!

㈡ 連連看

1.

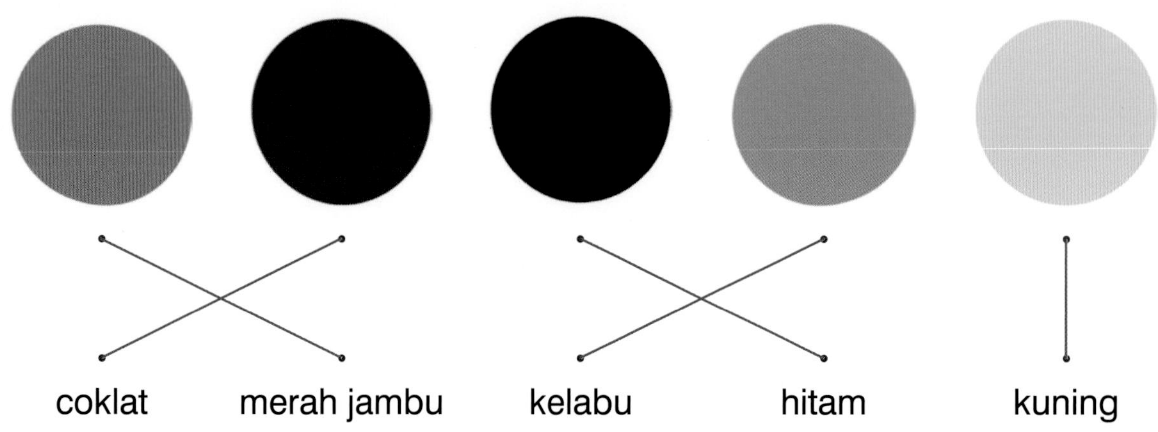

2.

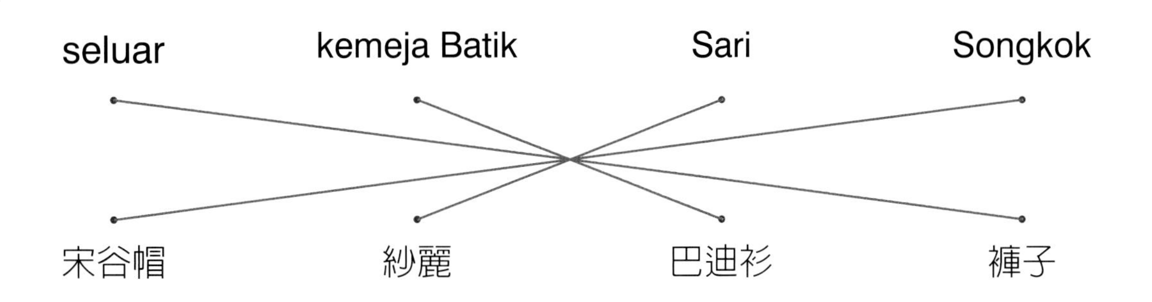

3.

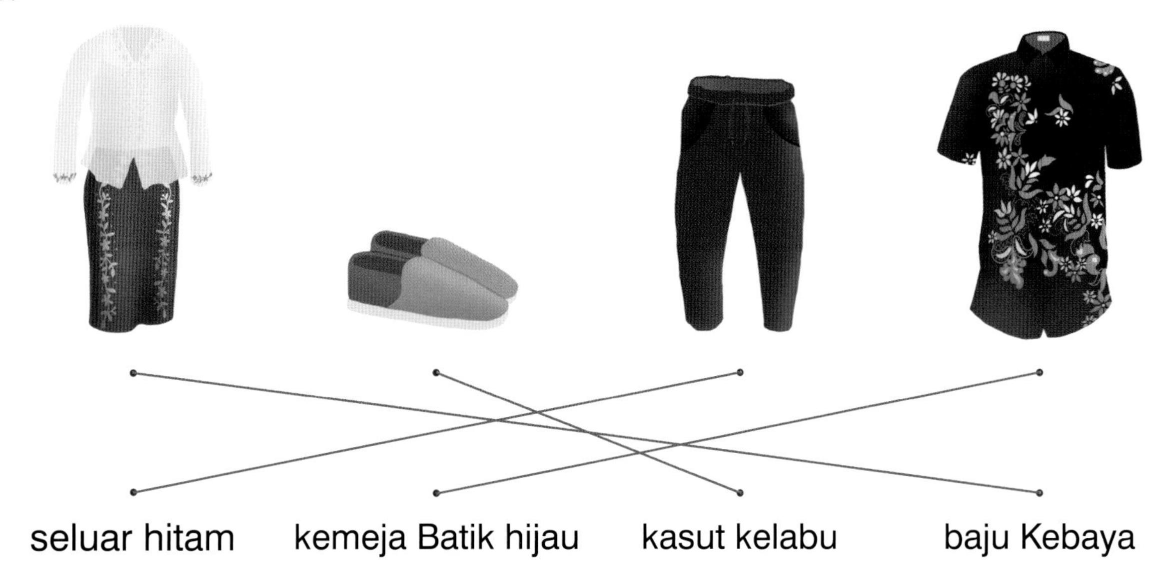

第三　居住篇 Tempat Tinggal

六、語文活動：拼音練習

㈣ 拼拼看、寫寫看

	gi	ni	kat	lik	ngin
I		ini	ikat		ingin
di	DIGI	dini			dingin
mi		mini		milik	
si	sigi	sini	sikat	silik	
ting	tinggi		tingkat		

七、語文練習

㈠ 選出正確的答案

第一題③；第二題②；第三題④

㈡ 連連看

1.

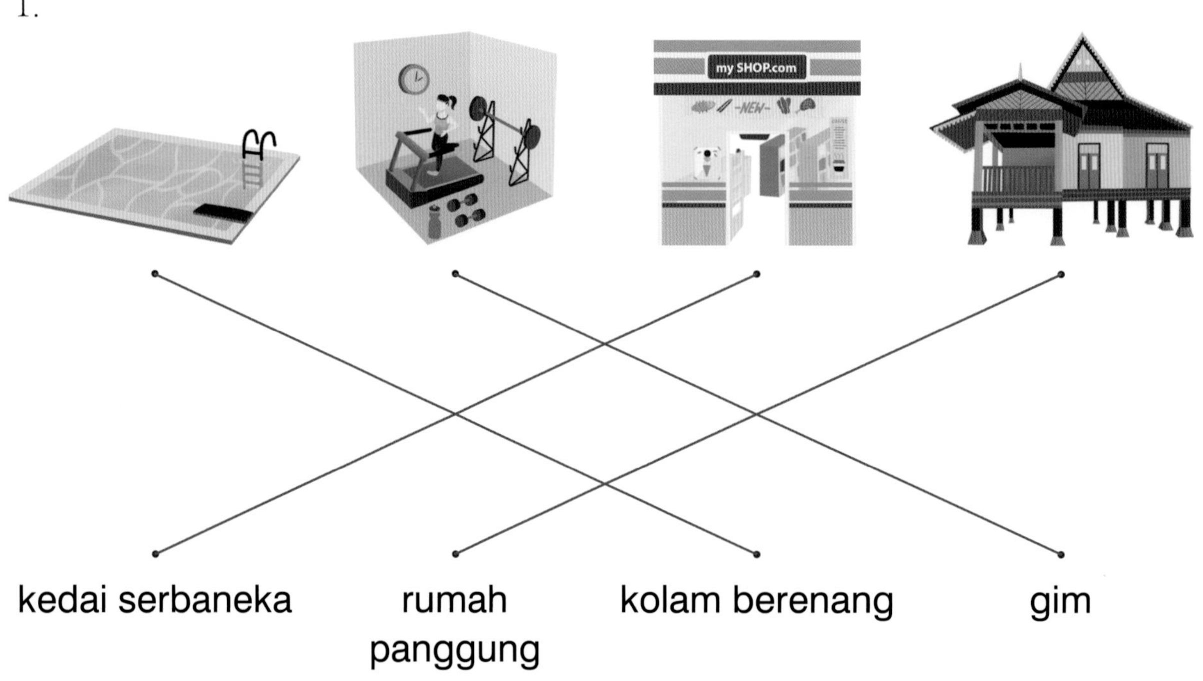

2.

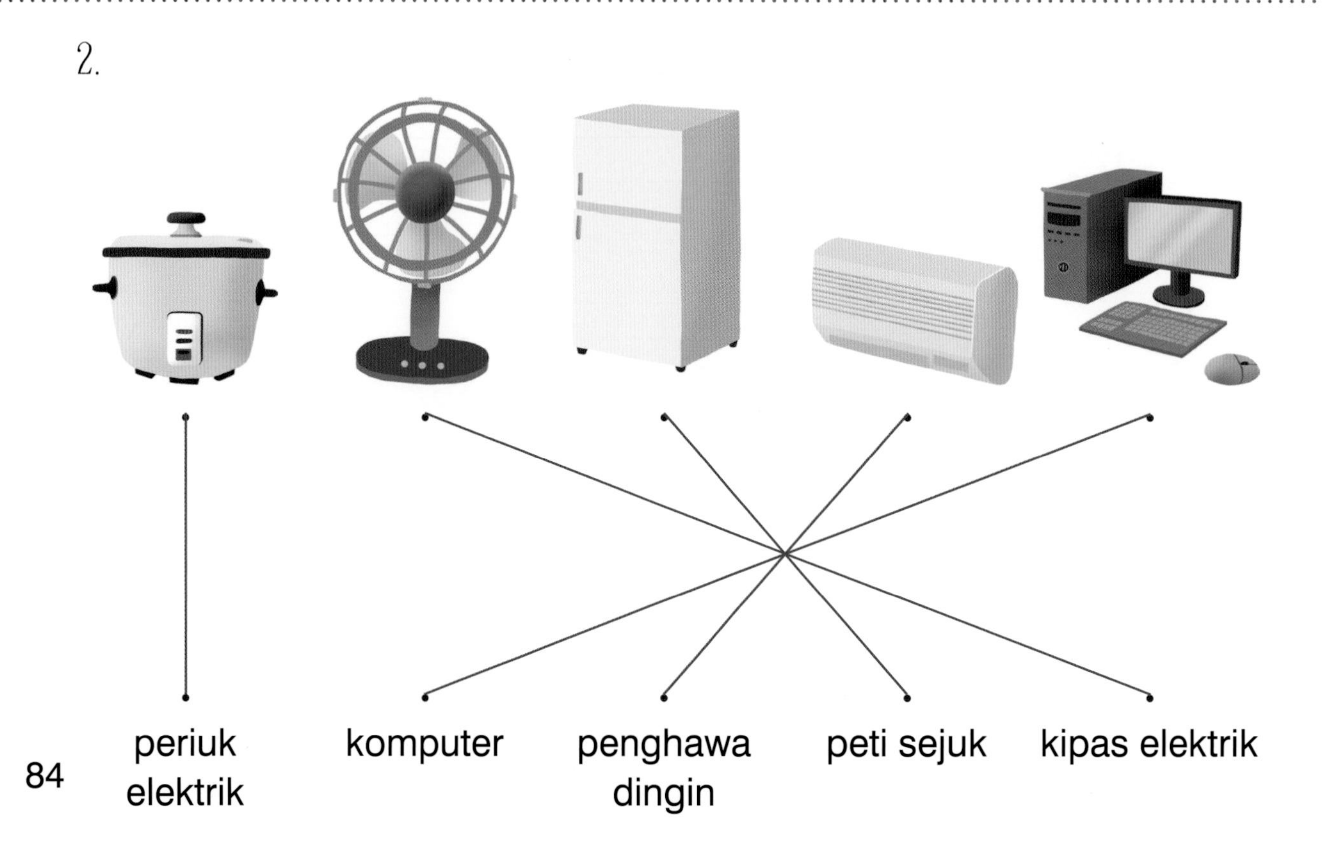

(四) 句型練習

2.問與答

(1) Ada apa-apa kemudahan di dalam kondominium?

大廈裡有什麼設施？

Kondominium ada (gim), (kolam berenang) dan (kedai serbaneka).

大廈裡有（健身房）、（游泳池）和（便利商店）。

(2) Ada apa-apa kemudahan di dalam rumah nenek?

外婆家有什麼設施？

Rumah nenek ada (penghawa dingin), (peti sejuk), (televisyen) dan (komputer).

外婆家有冷氣、冰箱、電視和電腦。

第四　交通篇 Transportasi

六、語文活動：拼音練習

(四) 拼拼看、寫寫看

	ri	doh	leh	tak	rang
O	ori		oleh	otak	orang
bo		bodoh	boleh	botak	borang
ho		hodoh		hotak	
ko	kori		koleh	kotak	
Lo	lori	lodoh	loleh		

七、語文練習

(一) 連一連

1.

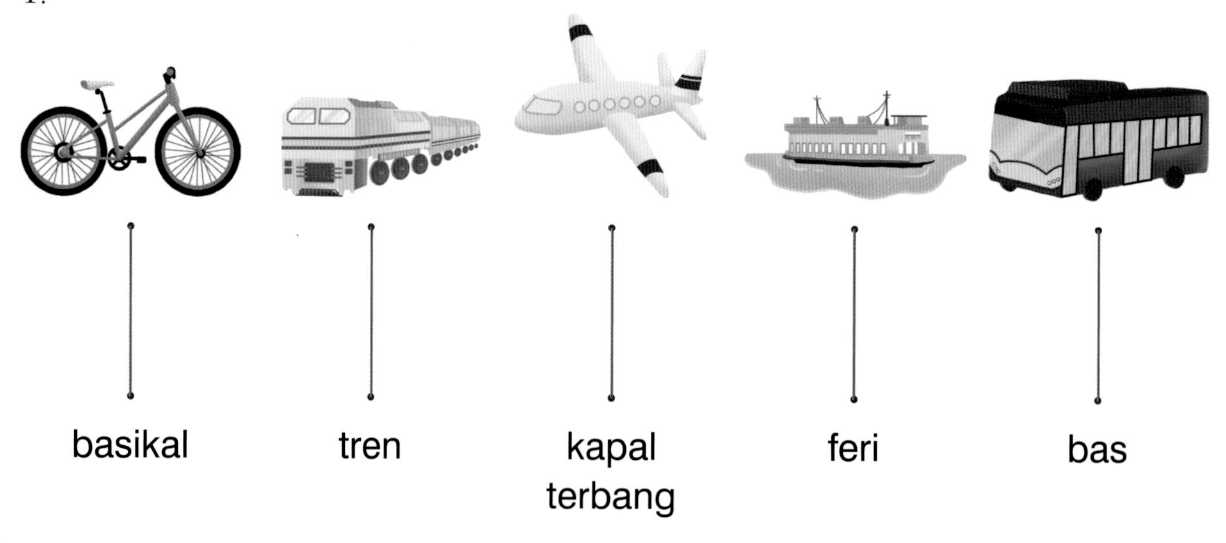

2.

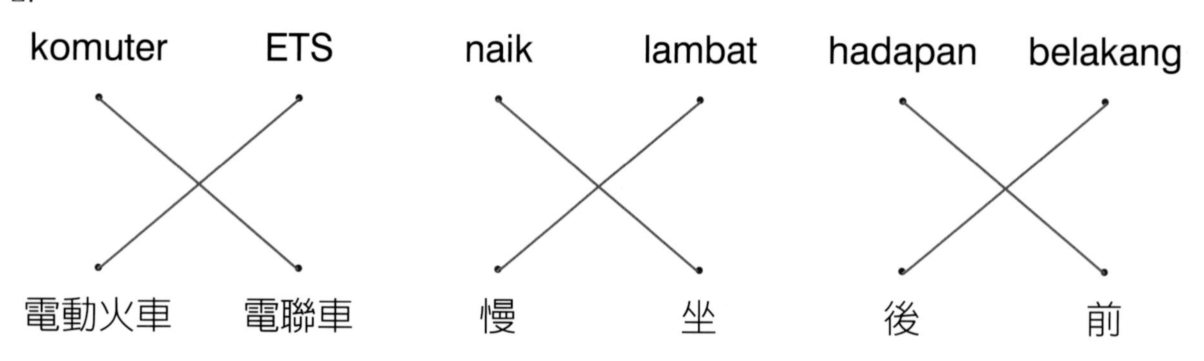

3. 把相反的詞彙連起來。

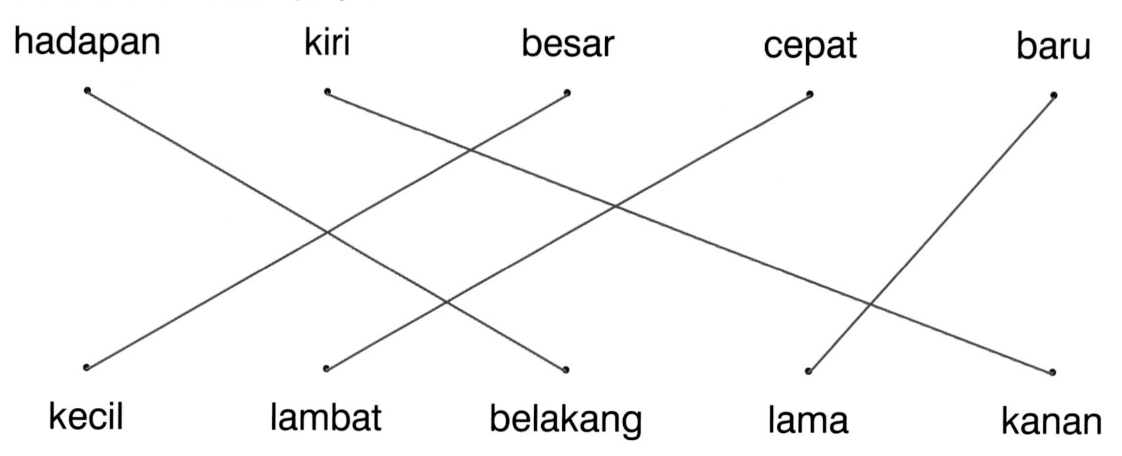

(二) 選出正確的答案

第一題①；第二題③

第五　育樂篇 Hiburan

六、語文活動：拼音練習

(四) 拼拼看、寫寫看

	ru	ta	tuk	dang	tung
u				udang	
un		unta	untuk	undang	untung
gu	guru			gudang	
ju	juru	juta			jutung
sun			suntuk	sundang	

七、語文練習

(一) 連一連

1.

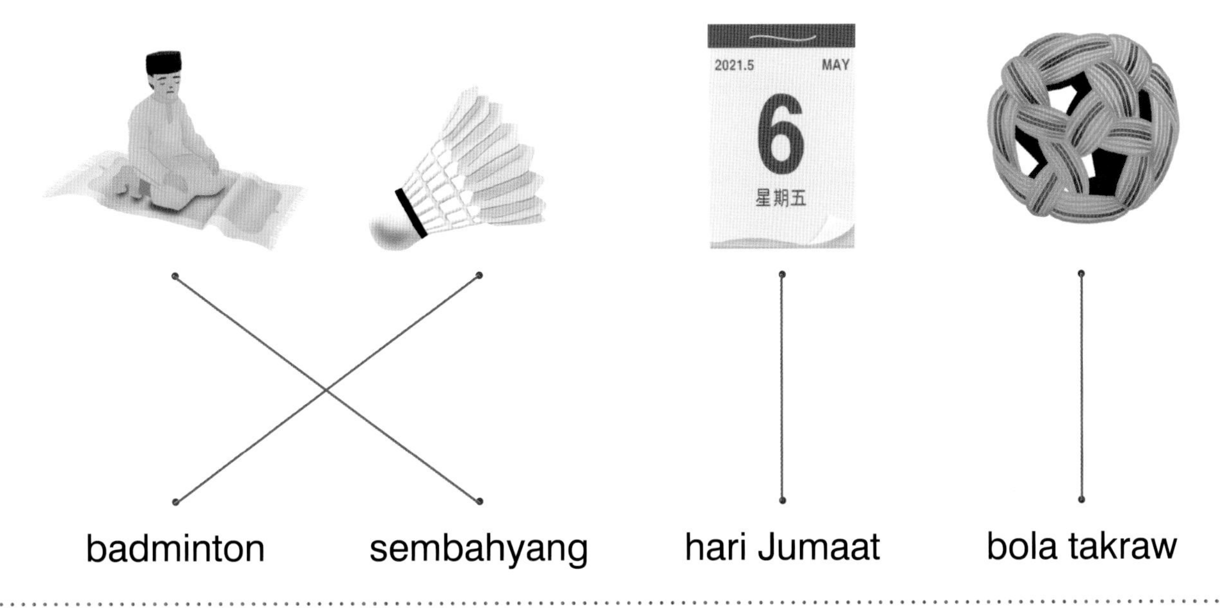

badminton　sembahyang　hari Jumaat　bola takraw

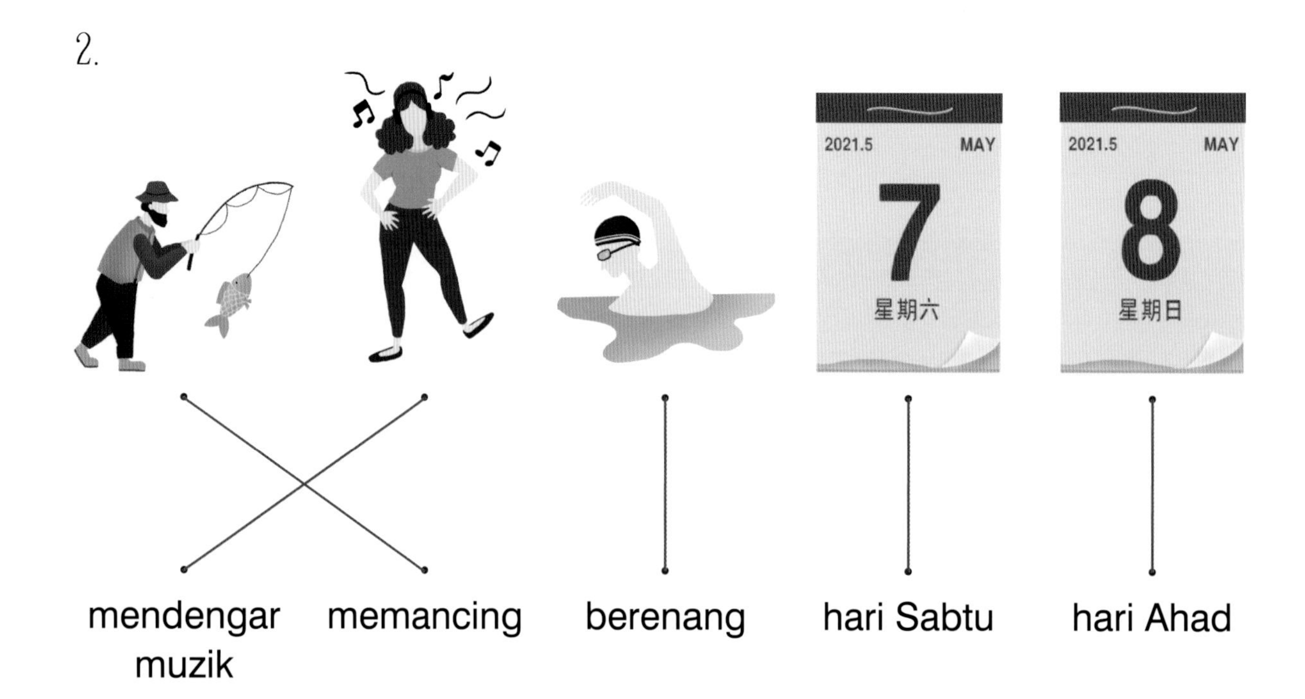

㈡ 選出正確的答案

第一題④；第二題②；第三題②

國家圖書館出版品預行編目資料

陪你快樂學馬來語／曾秀珠，林綺琴，吳振南，黃寶雲著. -- 初版. -- 臺北市：五南圖書出版股份有限公司，2021.09
面；　公分
ISBN 978-986-522-858-3（平裝）

1.馬來語　2.讀本

803.9288　　110009165

1XHQ　東南亞語文系列

陪你快樂學馬來語

主　　編— 曾秀珠
編 寫 者— 林綺琴、吳振南Ngo Jian Nam、黃寶雲Ng Poh Hoon
發 行 人— 楊榮川
總 經 理— 楊士清
總 編 輯— 楊秀麗
副總編輯— 黃惠娟
責任編輯— 吳佳怡
封面設計— 姚孝慈
出 版 者— 五南圖書出版股份有限公司
地　　址：106台北市大安區和平東路二段339號4樓
電　　話：(02)2705-5066　　傳　　真：(02)2706-6100
網　　址：https://www.wunan.com.tw
電子郵件：wunan@wunan.com.tw
劃撥帳號：01068953
戶　　名：五南圖書出版股份有限公司

法律顧問　林勝安律師事務所　林勝安律師

出版日期　2021年9月初版一刷
定　　價　新臺幣180元